10年後、もしも君の隣にいられたら。

miNato

CONTENTS

プロローグ ―― 004
第一章 ～朝焼けに目を細めて～ ―― 007
第二章 ～夕焼け色に染まる空～ ―― 067
第三章 ～五月雨の憂うつ～ ―― 105
第四章 ～飛行機雲に乗れたなら～ ―― 173
第五章 ～太陽に君を映して～ ―― 223
第六章 ～二人の空が重なる時～ ―― 289
エピローグ ―― 334
あとがき ―― 340

プロローグ

焼けるようなじりじりとした夏の日差しが肌に照りつける。

「懐かしいなぁ」

遥《はる》か数キロ先の岬の先端に白い灯台がポツンと建っているのを見て思わず声がもれた。

ザザーッと押し寄せては引いていく波、肌にまとわりつく湿った空気、潮の香り、そのどれもがあの時と同じで、一気に思い出が蘇《よみがえ》ってきた。

楽しいことやつらいこと、温《ぬく》もりや悲しみ、胸が張り裂けそうなほどの熱い想いも、心が凍りつくほどの出来事も全部、今となってはいい思い出だ。

手にした小瓶のキーホルダーを太陽にかざす。

中に入った薄ピンク色の星の砂と星形の小さな白い貝殻が上下に揺れた。

「……きれい」

小瓶の向こうでは、太陽の光が反射して海面がキラキラと輝いている。

そばに置いたノートがバサバサと風でめくれた。

『死ぬまでにやりたい１００のことリスト』

お気に入りの雑貨屋さんで買ったピンクのチェック柄のノートに綴《つづ》った文字をぼんやり眺める。

1．高校生活を充実させる！
2．バス通学をする！
3．クラスで何かの役割、もしくは委員をやる！
4．学校帰りに寄り道したい！
5．海が見たい！
6．砂浜を裸足《はだし》で踏む！
7．きれいな星空が観たい！
8．友達とカフェに行ってみたい！
9．何よりもまずは入学式までに退院を……！
10．もう一度、あの不思議な男の子に会えますように……！

ノートの二ページから三ページ目にかけて書いたやりたいこと。

思いつくままに書いたから、まとまりがなくて字が乱れている。

「それにしても見事に内容がバラバラだな」

これを書いたのは、もうずいぶん昔の話だ。

今日までこのノートに書いたことは全部叶《かな》えてきた。

でも、たった一つだけ……そう、一つだけ、どうしても叶えられそうにないことがある。

それは……私の百個目の願い。

無意識に小瓶をギュッと握り締める。

どうか、今でも彼が笑顔でいますように……。

元気でいてくれますように……。

幸せになっていますように……。

私にはそう願うことしかできないんだ。

第一章　～朝焼けに目を細めて～

「はぁ」

硬いマットレスの上から起き上がり、そっとカーテンを開ける。

二階の病室の窓から空を見上げると、遠くに真ん丸い月が浮かんでいるのが目に入った。

いつもならきれいだなぁと感じるのに、今はそんな余裕がない。

私、これからどうなってしまうんだろう。

今夜は満月で明かりをつけなくても外はほんのり明るいというのに、真っ暗な闇の中にいるような感覚に見舞われる。

どこまでも広がる夜空は月を除けば黒一色。

全てが闇に飲み込まれて、私という存在が消えてなくなってしまいそうなほどの濃い色。

不安や恐怖が押し寄せて、まるでこの世界にひとりぼっちなんじゃないかという気にさせられる。

だから……夜は嫌い。

「やっぱり星は見えないか」

鬱蒼《うっそう》とした木々に囲まれた高台の上にあるこの病院の窓からは、普段なら無数の星がきらめいて見えるというのに、月明かりのせいでほとんど見えない。

満月は小さな星の光を飲み込んで、その存在を目立たなくさせる。

まるで星なんて最初からそこになかったかのように。

当たり前のようにそこにあったものがなくなっているということに誰も気がつかない。

だから私も気づかなかった。夢にも思わなかった。

——当たり前の日常。

ずっと続くと信じていたのに、それがなくなるかもしれないなんて。

そっと目を閉じると、つい数日前の光景が頭の中にフラッシュバックした。

＊

西陽が射す病院の廊下を歩いていたら、看護師に案内されながらカンファレンスルームに入っていく両親の姿を見かけた。

普段なら主治医からの病状の説明は私本人も同席するのに、なぜだかこの時は呼ばれなかったため、嫌な予感がした。ドアが閉まり、私はほとんど無意識に聞き耳を立てた。当然だがドアは閉まっているので中の声は聞こえてこない。

ひと目につきにくい病棟の端だったというのもあり、周囲に誰もいないことを確認してから私は数センチだけそっとドアを開けた。

――すると。

「すみれちゃんの余命は長くて10年……短くて数年だと思ってください」

突然、本当に突然、なんの前触れもなく聞こえてきた声に、鈍器で頭をガンッと殴られたかのような衝撃が走った。

――余命は長くて10年。

――短くて数年。

それって……死ぬってこと?

「うそ……」

だって私はついこの間中学を卒業したばかりで、まだ十五歳なんだよ?

胸が苦しくなってどうしようもなくなり、私は白く無機質な壁に手をついた。

三月下旬、暦上では春だけれど、体感的にはまだまだ冬の名残りがある。

冷たいはずの壁なのにそれを感じない。

全身はガタガタ、膝《ひざ》はガクガク、そう表現するのがしっくりくるほど自分の体が震えているのがわかった。

――命の保証はない。

まるで凶器のようなその言葉の意味を理解しようと、精いっぱいだった。

「ど、どうにか、どうにかならないんですか?」

笑顔が自慢のお母さんが取り乱している声が胸に重くのしかかる。

「できる治療は全部してくださいっ、お願いします！」

いつもは冷静で何事にも動じないお父さんの声が震えている。

それだけでも十分大事《おおごと》だってわかるのにまだ受け入れられなくて、その場に立っているのがやっとだった。

信じたくないよ、そんなこと。

お願いだから、まちがいだって、冗談だって、そう言って。

全身の毛穴という毛穴から汗が噴きだして、自分が今何をしているのか、どこにいるのかさえもわからない。

立っているはずなのにその感覚もなくて、かろうじて意識を保っているのがやっとの状態。

これ以上ここにいたくない。

もう何も聞きたくない。

早く部屋に戻りたい。

廊下になんて出なければ、両親の姿を見つけなければ、こんな現実を知らずにすんだのに……。

これ以上聞きたくないのに、足が鉛のように重くて一歩も動かない。

「厳しいことを言うようですが、今の医学ではすみれちゃんの病気の根治は難しいんです。

症例が少ないがゆえに研究が進んでいないことが最大の原因です。今すぐにどうってことはありませんが、すみれちゃんの心臓がどこまで持ってくれるか……その間に研究が進んで新たな治療法が見つかればいいんですが」

何を言っているんだろう。

わかった、これは私の話じゃない。

誰か別の人のことを言っている、きっとそう。

「そ、そんな……あんまりですっ！」

やめて、何かのまちがいだから。

私の話じゃないから大丈夫だよ、お母さん。

「すみれちゃんは生まれてすぐに手術をして、制限が多くある生活の中でも本当に前向きによく頑張ってきました。我々も全力を尽くしますので、希望を捨てずにいましょう」

希望を捨てずにって言ってるのに、どうしてそんなに切なげな声を出すの。

普段は陽気で明るい元気な先生なのに、深刻そうにしないでいつもみたいに振る舞ってよ。

お願いだから、頼むから、ちがうって言って安心させて。

「い、嫌よ、そんな……すみれの、すみれの寿命があと10年で終わりだなんて……短くて数年だなんて……っ」

無意識にきつく握っていた拳《こぶし》に爪が食い込んで鋭い痛みを感じる。

「どうにか、どうにかしてくださいっ、すみれを助けてください……っ」

お母さんの悲痛な声を聞いていたら、目の前がぼんやり霞《かす》んで涙があふれた。

喉《のど》の奥がどうしようもないくらい熱くて、私はその場にいられなくなった。

余命10年……。

どうやら私は、この先長くは生きられないらしい。


「ねぇすみれ、ちゃんと聞いてるの？」

やれやれと言いたげなお母さんの声に、ベッドに横たわったままの格好で顔を向ける。

「んー、なに？」

「まったく、さっきから何度も声かけてるのに」

お母さんが何か言っているなぁとは思っていたけど、私はぼんやり天井を見上げていた。

「体調が悪い時は無理せずゆっくりしてなさいね」

「大丈夫だよ、ずいぶんよくなったんだもん」

そう、ずいぶんよくなった、体調の方は。余命宣告を盗み聞きしてから三日。あの日から主治医の言葉が頭を離れずにいる。

今回の入院は心臓の動きが弱くなり、胸に水が溜《た》まった状態の心不全での入院だった。入院当初は息苦しくて動くこともできなかったが、二週間も経てば利尿剤の注射と内服で溜まっていた水はほとんどなくなり、ずいぶん楽になった。それでもこれは対症療法でしかないので、小さい頃から何度も入退院を繰り返している。

私は生まれつき心臓に伸びる血管が細く、全身に血液を送り出す心室の筋肉が硬化している『心筋硬化症』という病気を患っている。

血管の狭窄《きょうさく》は血管を広げる手術でどうにか対処できているけれど、心室の筋肉の硬化はたとえ手術でその部分を取り除いても根本的な解決にはならず、硬化はどんどん進行する。そうすると完治は難しく、この先も回復を見込めないのだとか。

心臓への血流が悪くなれば脳に血栓が飛んで急に意識を失ったり、動きが弱まれば全身へ血液を送るポンプとしての役割を果たせず水が溜まって全身が浮腫《むく》む。そうならないためにも普段から食事制限や運動制限を守って生活している。つらいけれど仕方がない。今の私の病気については研究が進んではいるものの、硬化を止めるための治療法は今のところないからだ。

病名も予後も、つい三日前に盗み聞きして初めて知った。

未《いま》だに先生も両親も、病状についてはっきりしたことはなにひとつ私に言わず、いつもと変わらない態度で私に接している。だから私も何も知らないふりをしているのだけれど、両親の前でうまく笑えているかはわからない。

体が楽になった代わりに暇を持て余すようになった。

病院の味気ないご飯にも、静かで無機質な病室にも、硬いマットレスにも、ところどころにある天井のシミにももう慣れた。

やだなぁ、そんなことに慣れたくなんかないのに。

「ねぇお母さん、私、来週には退院できるよね？」

「うん、きっと大丈夫よ」

長い髪を一つに束ね、年齢よりも若く見える小柄で華奢《きゃしゃ》なお母さんがにっこり微笑む。

「そう、よかった」

お母さんと同じように私も笑う。

そうするとお母さんがホッとした表情を浮かべるから。

だから多少無理をしてでも、私はお母さんの前では笑顔を作るように心掛けている。

『すみれは人より少し心臓の動きが悪いだけなの』

『でも大丈夫よ、絶対に治るから』

『笑顔でいれば病気の方から逃げてっちゃうわ』

『だからお母さんと一緒に頑張ろうね』

物心がつく前からずっと言われてきたセリフを信じて疑わなかった。

そう、ついこの三日前までは……。

ほんの少し開いた窓から入った風によって、ふわりとカーテンがなびいた。

湿っぽい風が肌にまとわりついて気持ち悪い。

今日は生憎《あいにく》の曇り空で、こんな日はなんとなくテンションも上がらない。

「おいこっちにパス回せ！」

「行けー、そのまま突っ走れー！」

「シュートだ、シュート！」

病院の真横にあるバスケットコートから、元気なかけ声とボールが擦れる音、たくさんの足音がする。

今日も楽しそうだなぁ。

春休みに入ってからというもの、天気が良い日には必ずと言っていいほどコートが人で賑《にぎ》わっている。

誰でも自由に使えるところが人気のポイントなんだとか。

「ナイッシュー！」

「イエーイ！」

窓の外を覗《のぞ》けば、きれいに整備されたバスケットコートが見える。

その周りを取り囲むように設置されてるフェンスと、周囲に植えられているのは桜の木。

ちょうど見頃を迎えているため、風が吹くとあたりに花びらが舞う。

さらには桜が公園全体を囲んでいるため、上から見たらまるでピンク色の絨毯《じゅうたん》が一直線に延びているように見える。

ここ三日で三割ほど散ってしまったけど、まだまだ十分きれい。

明日から雨だと天気予報で言っていたから、今日が見納めだと思うと少し寂しい。

せめて来週の高校の入学式までは持ってほしかったなぁ。

後に待つのは儚《はかな》く散る運命だけだなんて、悲しすぎる。

不思議だなぁ、これまできれいだとしか思ってこなかったのに、そんな風に感じる自分がいるなんて。

あれ、あそこに誰かいる……？

ふと目に飛び込んできたのは、桜の木の下に佇《たたず》む一人の男の子の姿。

サーッと風が吹き周辺に桜の花びらが舞った。

「わぁ、きれい」

思わずそんな声がもれるほど、その一部だけ風景写真を切り取ったかのような幻想的な雰囲気が漂う。

距離があるから顔ははっきりとは見えないけど、スラッとしていてスタイルが良さそうなのが印象的だ。

じっとコートの方を眺めているように見える。

バスケをしている人たちの仲間だろうか。

だとすると、楽しくなさそうというか、明らかに浮いていて周りのテンションとはかなりちがっている。

だから余計に目立った。

視線に気づいたのか、男の子がふとこちらを見上げる。

目が合っているかはっきりとはわからないものの、明らかにこっちを見ているのがわかって私はとっさに体を引っ込めた。

心臓がバクバクしてる。だっていきなりこっちを向くと思わないんだもん。

条件反射で思わず隠れてしまった。

「すみれ、あのことだけどね」

「なに？　あのこと？」

こっちもいきなりだなぁと思いつつ、お母さんがいる方を振り返る。

「お父さんや先生とも話し合って、夏休みに田舎のおばあちゃんの家に引っ越そうと思ってるの。だからあなたもそのつもりでね」

「え？」

どうして？　なんで？

私の中学卒業と同時にお母さんの地元に引っ越す案が出ていたのは数カ月前の話。

だけど田舎なので大きな病院がなく、私に何かあった時に対処できないことを考えて、先延ばしということでこの話は一旦《いったん》落ち着いた、はずだった。

それなのに……。

「どうして夏休みなの？　なんでこんないきなり、私になんの相談もなく決めちゃうの？」

引っ越しするのも、それを先延ばしにするのも、決めたのは両親だ。

いくら時期未定だったとはいえ、夏休みだなんて急すぎるし、振り回される私の身にもなってほしい。

「すみれのためよ。空気がきれいなところの方が体にもいいでしょ。できるだけ早い方がいいって思うもの」

「………………」

私のためだっていうことはよくわかってる。

だからお母さんは、私が何も言い返せなくなるのを知っててそんな風に言うんだ。

ずるいよ、そんなの。

せっかく行きたかった高校に受かったのに。

「ごめんね、もう決めたことなのよ」

どうやらお母さんの意志は固いらしい。

これまでずっとお母さんを見てきた私にはわかる。

今さら何を言っても無意味だってことが。

どれだけ理不尽でも、納得がいかなくても、結局は私が折れるしかないんだ。

お母さんの意思イコールお父さんの意思だから、お父さんに相談したってだめ。

うちで強いのはお母さんなのだ。

それに今回の引っ越しはこの前の『先生との話』にも関係があるのかもしれない。

「じゃあそろそろ帰るわね」

私が何も言い返さなくなったのを見計らったお母さんが、洗濯物が入ったバッグを手に立ち上がる。

「あまり風に当たりすぎるのもよくないわ。少し横になってなさい」

「うん……わかった」

窓を閉める時、桜の木の下に男の子の姿はもうなかった。

入院の時に持ってきたボストンバッグの底から、一冊のノートを取り出す。

受験が終わったあと、駅前のお気に入りの雑貨屋さんで一目惚《ぼ》れして買ったものだ。

ピンクのチェック柄で中央に小さなさくらんぼの絵が描いてある。

まだ何を書くかは決めていない。

高校の勉強で使おうかなとも思ったけど、お気に入りのノートだもん、何か意味のあることに使いたい。

意味のあること……意味の。

エンディングノート……？

いや、縁起でもない。

日記……？

やりたいことリストを作るっていうのは……？

今まで病気で我慢してきた分、好きなことを思いっきり書くのがいいかもしれない。

『100のことリスト』自分の中でそれがしっくりきた。

早速私はノートにペンを走らせた。

夕方、食事が運ばれてくると同時に目が覚めた。

日が沈み、病室内はかなり薄暗い。

「よく寝てたから起こそうか迷ったんだけど、今寝すぎたら夜寝られなくなるからね」

ご飯が載ったトレイを運んできた看護師さんが電気をつけると、眩しさに慣れない私は思わず目を閉じた。

「今日は肉じゃがだよ。起きて食べれる？」

「あ、はい」

もう夜ご飯の時間だなんて、結構寝てたんだなぁ。

まだ頭がぼんやりする。

それでも目を開け、ゆっくり体を起こすと軽いめまいがした。

ゆっくりではあるものの、体勢を変えたことで心臓からの血液の供給が追いつかず、一時的にめまいが生じる。それもこの病気の特徴だ。

『笑顔でいれば病気の方から逃げてっちゃうわ』

『だからお母さんと一緒に頑張ろうね』

幼かった私はお母さんの言葉を信じて疑わなかった。

すぐには治らないにしても、自分の病気がそこまで重いものだとは、まして命に関わるなんて夢にも思っていなかった。

長くて10年、短くて数年。

私の命にはタイムリミットがある。

10年ってどれくらいなのかな。

長いようで短い?

それとも思っているよりも長い?

生きていたら10年後は二十五歳だ。

大人の自分が想像できない。

果たして私は大人になれるのか、それさえもわからない。

この10年で私にはいったい何ができるんだろう。

何がしたいんだろう。

将来の夢はあるのに、それを叶える自分の姿が想像できない。

もしかすると私にできることなんて何もないのかもしれない。

そう思うと自分の存在がとてもちっぽけに思えて、意味をなさないものにしか見えなくなる。

「だめだめ、ネガティブ退散っ!　いただきまーす!」

お箸《はし》を手に取り、肉じゃがを口に運ぶ。

やっぱりここのご飯は味気ないなぁ。

思ったよりも食べられなくて、すぐにお腹いっぱいになった。

食べ終わった食器を片付けるために部屋を出て、ナースステーション前に置かれた下膳《げぜん》車にトレイを返却する。

誰もが自由に使えるデイルームでは、入院患者の子どもたちの他に、見舞い客である両親が一緒になってそこでご飯を食べている。

小児病棟ということもあって、ここには色んな病気を抱えた子たちが入院している。

そのほとんどが幼稚園や小学生、中には二、三歳の子たちまでいて、私を含め、部屋から出られる子たちはまだいい方。

医療機器の助けがないと生きられなかったり、寝たきりで病室から出られなかったり、それぞれみんな必死に病気と闘っている。

だから私は弱音なんか吐いていられない。

「あれ？　あの人……」

病院の建物は四角形でちょうど真ん中にナースステーションがある。

ナースステーションを挟むように対面式に病室のドアが並んでいるのだけれど、廊下の一番奥、ちょうど私の病室の真向かいにある部屋の前に、スラッとした身長の高い男の子が立っているのが見えた。

この服装、それに髪型や立ち姿も、なんとなくさっき桜の木の下にいた男の子に似てる。

いや、でも、まさかね。

自然と足が止まって、まじまじと眺める。

見舞い客だろうか。

なぜだか気になって目が離せない。

私からは背中しか見えないけれど、男の子は一歩も動こうとせずに、姿勢よく部屋の前に立っているだけ。

だめだめ。思わず見惚《みと》れてしまい、頭を振る。そして自分の病室へと戻った。

それから三十分ほどテレビを観たあと、自動販売機に水を買いに行こうとして病室を出た時だった。

向かいの病室の前に、男の子の背中が見えた。

え、まさか、あれからずっといたの？

中へ入らないのだろうか。

部屋に入るのを躊躇《ためら》っているように見える。面会時間はあと十分ほどで終わりだ。私は迷いながらもその背中に近づいた。

私よりもずいぶん身長が高いのがわかる。

館内の灯りに透けたさらさらの黒髪は、思わず指先ですくいたいくらいツヤツヤでとてもきれい。

「あの、入らないんですか？」

彼の背後から回り込んで声をかけると、驚いたのか肩をビクつかせたあと、私を見て怪《け》訝《げん》そうに眉《まゆ》を寄せた。

「誰？」

男の子は後ずさり、戸惑いの視線を私に向ける。

同い年か少し年下くらいの、どこかまだ幼さが残る顔立ち。

だけど体格がしっかりしているからか、高校生に見えなくもない。

キリッとした猫みたいな目と薄い唇、鼻筋がきれいに通った今時のイケメン男子。

「あ、いきなりごめんなさい。私は桜田《さくらだ》すみれって言います。さっきからずっと立ってますよね？　面会時間がもう少しで終わるから、お見舞いにきたんならそろそろ入らないと」

「…………」

私がそう言うと男の子はさらに眉を寄せて険しい顔つきになった。

「余計なおせっかいですよね、すみません。気になっちゃって」

「……知ってる」

とても小さな声で男の子はつぶやいた。

「え、と？」

「面会時間がもうすぐ終わりなこと」

あ、そうなんだ。だったら本当に余計なことをしてしまったのかも……。

思い込みだけで突っ走るこの癖をなんとかしたい。じっと見られていることに動揺してしまい、変な汗が出てくる。

「あの、私は向かいの部屋に入院してるんですけど、部屋の窓からよくバスケットコートが見えるんです。そこであなたを見かけたものだから、なんだか親近感がわいちゃって」

男の子は愛想笑いを浮かべながら身振り手振りを交えて説明する私の目をじっと見たまま何も答えようとしなかった。

かなり気まずくて、目をそらしたい衝動に駆られる。

だけど果てしなく遠くまでを見透かすような焦げ茶色の瞳《ひとみ》を見ていると、吸いつくように視線が絡みついてきて目をそらせなかった。

沈黙が訪れ、内心パニックになる。私から何か言うべきだろうか。謝ってさっさと立ち去るのがいいことはわかっている。

「じゃあ、そろそろ帰るから」

「え、あ、はい。では」

男の子は足早に私の前から歩いて行った。焦っていた私はあっさり引いて行った男の子の背中を見ていた。


翌日、天気予報通り雨模様のどんよりとした空を見上げる。

まだ午前中だというのに土砂降りの雨のせいで室内は薄暗い。

「さて、やるか」

電気をつけてからシャーペンを片手に腕まくりをして、高校入学前の課題に取り掛かる。

最初に得意な数学を、次に得意な英語、そして化学と順番に手をつける。

課題に取り組めるぐらい今日はすこぶる体調がいい。

めまいもしないし動悸《どうき》もない。

あまりに集中していたらいつの間にか検温の時間がきていたらしく、看護師さんに声をかけられるまで気付かなかった。

「かなり真剣だったね」

「来週入学式だから、それまでに間に合わせなきゃいけないんです」

「高校生かぁ、若いっていいなぁ。大人になったら勉強する機会なんてそうないから、今のうちにしっかりね」

「はい」

大人になったら……私は大人になれるのかな。

想像がつかない。

来年、再来年、さらにその先の一年一年が、私には果てしなく遠いんだ。

「すみれちゃんは将来の夢ってある？」

「え、私？　将来の夢……」

看護師さんが私の目を見てにっこり笑った。

将来の夢……。

幼い頃から入退院を繰り返してきた私は、他の誰よりも医療従事者と関わることが多かった。

つらく苦しい治療が嫌で塞《ふさ》ぎ込んだり元気がない私を励ましてくれたのは、他でもない看護師さんたち。

いつでもどんな時も、笑顔で私に接してくれた。どれだけ救われたかわからない。

いつしか私も看護師になって病気で苦しむ子どもたちの助けになりたい、そう思うようになっていた。

でも……。

大人になれるかわからない今の状況で、看護師になるなんて夢のまた夢。

叶うはずのない夢を見るほど、私はバカじゃない。

『生きる』って、どういうことなんだろう。

物理的には息をして心臓が規則正しく動いているということ。

条件はクリアしてるのに、私は今ちゃんと生きているのだろうか。

ボキッ。

「あ」

シャーペンの芯《しん》が折れたことでハッとした。

どうやら無意識に手だけを動かし続けていたみたい。

別のことを考えながら問題を解くなんて我ながら器用だなぁと思うけど、勉強は得意だから容易《たやす》いことだ。

私が入学する高校の偏差値は普通なので、課題の難易度もそこまで高いわけじゃない。

シャーペンの芯が切れていることに気付いて、院内のコンビニへ向かうべく上着を羽織って部屋を出る。

コンビニは一階の廊下の一番奥、ちょうど私の病室の真下にあって入院患者や外来患者が多く利用する場所だ。

文房具もわりと充実していてシャーペンの芯はすぐに見つかった。

「あ」

コンビニを出て廊下を歩いていると、エレベーター待ちをしている人の中に昨日と同じ男の子の背中を見つけた。またお見舞いにきたのだろうか。後ろを通過しようとすると男の子が急に振り返り、私は目を見開いた。

「わ！」

驚いて声が出てしまい、慌てて口元を押さえる。

男の子も私を見てわずかに瞳を揺らした。

目をそらすわけにもいかず、だからといって馴《な》れ馴《な》れしく声をかけるのも憚《はばか》られる。

「またあんた？」

男の子は抑揚のない声でボソッと言い放った。

「よ、よく会いますね」

どことなく冷たくて、でもその奥深くに寂しさが垣間《かいま》見《み》えるような、虚勢を張ったそんな瞳。

「今日もお見舞いですか？」

話題が浮かばず、ついそんな言葉が口をついて出る。気まずくなるのが嫌だから、そうならないように無意識に話しかけてしまうのだ。

「……べつに、そんなんじゃないから」

プイと目をそらし素知らぬ顔で、これ以上関わるなという無言の圧をひしひしと感じる。

昨日からそっぽを向かれてばかりで、なんだかものすごく申し訳ないことをしているような気になってきた。男の子はエレベーターを待つのを諦《あきら》め、階段の方に向かって歩いて行く。私はとっさに彼の背中を追いかけた。

ちゃんと謝ろうと、そう思ったからだ。早くしなければ追いつけなくなるかもしれない。

そう思うと自然と小走りになった。

「あの！」

すでに階段を上り始めた背中がゆっくりと振り返る。

「昨日からいろいろとごめんなさっ……」

急な動きをしたせいか、心臓がドクンと激しく高鳴った。

その後すぐにめまいがして、心臓の拍動が速くなっていくのがわかる。

あ、これ、だめなやつだ……。

生まれた時からこの体と付き合っているから、自分の限界は熟知しているつもり。

フラフラと足取りがおぼつかなくなり、すぐそばにあった階段の手すりをつかんだ。

それでも目の前がグラグラと揺れて、立っていられない。

さらには顔からスーッと血の気が引いていくのを感じた。

だめ……倒れる。

「おい！」

ドタバタと階段をおりてくる足音がしたかと思うと、後ろへ傾きかけていた私の体を引き止めるように、男の子の腕に支えられた。

「何やってるんだよ」

「ご、ごめん、なさい……」

かろうじて目を開いた私は、男の子との距離の近さに思わず焦る。

ち、近い……。

「顔色が悪いな。こっちでしばらく休むぞ」

「え、あの」

「いいから」

ぶっきらぼうに言われてしまい、それ以上何も言えなくなった。

乱暴なのは口調だけで、ゆっくり時間をかけて私を座れる場所まで導くと、男の子はそっと私の手首に触れた。

「脈はそこまで乱れてないな。なら、一時的なものか。すぐに顔色も戻るだろ」

秒針付きの壁掛け時計を見つめながら脈拍を測定していたらしい。

慣れた手つきで脈の位置も迷うことなく一発で当てたことに驚きを隠せない。

「大丈夫か?」

「は、はい」

正常を知らなきゃ異常だってわからないはずなのに、男の子は取り乱す様子もなく淡々としている。

こんな時、普通なら人を呼びに行ったり動揺したりするはずなのに……。

そんなことを考えられる余裕があるくらい、男の子の見立て通り私の発作は軽いものだった。

十分くらい休むと徐々に血流も戻ってきて、顔色も指先の血色もよくなった。

「もう大丈夫そうだな」

「はい、おかげさまで」

「誰か人呼ぶ?」

時間にもよるのかもしれないけれど、いくら院内とはいえ、こんな廊下の隅っこ、しかもどんよりした薄暗い階段室を通る人の姿はほとんどない。

「いえ、大丈夫です。自分で歩けますから」

何よりも今ここに人を呼ばれてことを荒立てられたら、退院が延びるかもしれないのでそれだけは絶対に避けたかった。

「そう言われても、こっちは心配なんだけど」

真顔でじっと見つめられ、無意識に鼓動が弾む。

「あの、ほんとに大丈夫です。私、小さい頃から人より体が弱くてすぐに倒れたりするんだけど、今はピンピンしてるので」

「まぁ、さっきより元気そうではあるな」

彼は相変わらずの無表情で周囲をぐるりと見回し、最後に独り言のようにつぶやいた。

「そういえば、ここ……小さい頃からって、まさか」

最後に私に視線を向けた彼は、しばらくの間目を見開いて固まった。

まじまじと私の顔を見るように瞬《まばた》きを数回繰り返す。

いったい何？

どうしたっていうの？

私、何か変なこと言ったかな？

「ど、どうかしました？」

「……べつに」

うそだ、絶対に何かある。

でもそれを問いただせるほどの仲でもなければ、理由だってない。

「今日はウロウロしないで安静にしてろよな」

男の子は逃げるようにこの場をあとにしようとする。

「あの、ありがとうございました！」

お礼を告げると彼は振り返らずに、片手を一度高く挙げて応《こた》えてくれた。

それに見た目は無愛想だけど、意外と優しい性格なのかもしれない。

彼が脈に触れた時の感触が、いつまでも私の手首から消えなかった。


三日にわたる雨で桜は完全に散ってしまった。

窓から外を眺めても、枝だけになった寂しい桜の木がズラリと並んでいるだけ。

それを見るたびにいつも虚《むな》しい気持ちになる。

もっと長く咲いてくれたらいいのに。

そしたらずっと明るい気持ちでいられるのになぁ。

ううん、でも、特別だから、短命だから意味があるのかな。

「やっぱり今日もいない、か」

あれから桜の木のそばで彼を見かけることも、向かい側の部屋の前で彼の背中を見つけることもなかった。

スポーツ公園で他人がしているバスケを眺め、お見舞いに来たはずなのに部屋に入ろうともしない不思議な男の子。もう一度会えるかな。

「そうだ、ノート……！」

こういう時に使わなきゃ。

やりたいことというよりも願望なんだけど、それでもよしとしよう。

10．もう一度、あの不思議な男の子に会えますように……！

「すみれー、そろそろ時間よ。忘れ物はない？」

「うん、大丈夫だよ！」

新しい制服に、新しいカバン、そして新品の運動靴。私は晴れて高校生になった。

「その制服よく似合ってるわ」

いつもよりも念入りにお化粧をしたスーツ姿のお母さんがにっこり微笑む。

私が通うのは制服が可愛いと評判のいい、県立青藍《せいらん》高校。

ベージュに近いうす茶色のブレザーに、グレーのチェック柄のプリーツスカート。

胸元の大きなピンク色のリボンが青藍高校のトレードマーク。

ブレザーの袖《そで》口には二本の白いラインが入っていて、ゴールドのボタンがあしらわれている。

それだけでもすごく可愛くて、憧《あこが》れの制服を着た自分の姿を鏡でずっと見ていたい気分だった。

「お母さんたちも後から行くからね」

「恥ずかしいから来なくていいのに」

「何言ってるの、せっかくのすみれの晴れ舞台なんだから」

それでも両親揃って高校の入学式にくるなんて、今時珍しいと思うんだけどなぁ。

「それにそんなこと言ったらお父さんが泣くわよ？」

冗談交じりにお母さんが笑う。

「それもそうだね」

お母さんにつられて私も笑った。

「じゃあ気をつけてね。もしも体調が優れないようなら、送って行くわよ？」

「もー、大丈夫だって昨日から何度も言ってるじゃん。心配しないで。行ってきまーす！」

お母さんの声を振り切り私は玄関を後にする。

学校までは電車で二駅、最寄り駅からは歩いて五分の好立地だ。

自宅から駅まではバスを使って通学する。

それも夏休みまでの期間だと思うと、今のうちから思いっきり高校生活を満喫しなくちゃ。

バス停でバスを待つ、それだけでもなんだかものすごく大人になった気分。

新しいことってなんでも楽しくてワクワクしちゃう。

その反面、不安もあるけれど。

「あ、すみれ、おはよう！」

「瑞希《みずき》ちゃん！　おはよう！」

駅からの通学路の途中で、中学からの親友の花崎《はなさき》瑞希ちゃんが私に気付いて声をかけてくれた。

「わぁ、すごい、ここまで自転車で来たの？」

「そうだよ、あたしはチャリ通。バレーの脚力も鍛えなきゃだしね」

「さっすがバレー部元部長！」

瑞希ちゃんはベリーショートがよく似合うモデル並みのスタイルのスポーツ少女。

美人で気が利いておまけに友達も多く、私にとって頼れるお姉さんみたいな存在だ。

「あたしも歩いて行こうっと」

そう言って自転車を降りた瑞希ちゃんと、春休みに何をして過ごしたのかという話で盛り上がりながら学校までの道のりを歩いた。

「同じクラスだといいのにね」

「だねー、あー、ドキドキするぅ」

「体調はどう？」

「めちゃくちゃ元気だよ」

私が笑うと瑞希ちゃんもホッとしたように笑みを浮かべた。

心臓が悪いことを知っているから、いつも体調を気遣ってくれる優しい瑞希ちゃん。

「ならよかった。具合が悪くなったら、すぐにあたしに言うんだよ？」

「ふふふ、瑞希ちゃんお母さんみたい」

クスクス笑うとガバッと力強く抱きしめられる。

「あーもう、すみれは可愛いなぁ。よしよし」

頭をポンポンされて、まるで子ども扱い。

身長差があるから余計にそう見えるのか、中学の時は同級生から『母と娘』とからかわれていた。

「ふわふわの長い髪も、色白なところも、目が大きいところも、全部全部可愛い！」

「あはは、大げさだなぁ」

瑞希ちゃんの背中をポンポンと軽く叩《たた》き返す。

するると、さらにキツく抱きしめられた。

こうやって最大限に自分の気持ちを表現してくれる瑞希ちゃんの方が可愛いと思うんだけどなぁ。

クラス表の前は自分の名前を捜す生徒たちで賑わっている。

「あ、ほらすみれ、同じクラスだよ！」

「わ、ほんとだ！」

嬉《うれ》しさのあまり、どちらからともなく手を取り合う。

よくよく見ると、そこまで仲良くはないけど同じ中学出身の子の名前もちらほらあった。

楽しい高校生活の幕開けだ。

夏休みまでっていう期限付きなのが残念ではあるけれど。

校舎の中は中学の時とは大きさも規模もちがって、教室がたくさん並んでいた。

特進クラスを含めたら一学年十クラスもあるから、生徒数も比じゃない。

「え？　うそっ」

「あ」

案内図のコピーを頼りに教室へ向かおうとしたところで、新入生の証《あかし》である紅白の花を胸に付けた人とぶつかりそうになった。

お互いに顔を見合わせた瞬間、無意識に声が出ていた。

なんとそこにいたのは、病院で会った男の子だったから。

信じられない、早速叶っちゃった……！

『100のことノート』の効果は絶大なのかも。

男子の制服は女子とほぼ同じで、ちがっているのは胸元のリボンがネイビーのネクタイであるってことだけ。

同じ高校、しかも、新入生だったんだ。

同い年ぐらいかなとは思ったけど、まさかこんなところで偶然再会するなんて夢にも思わなかった。

彼はそのまま私から目をそらすと何事もなかったかのように歩いて行ってしまった。

「知り合い？」

不思議に思ったらしい瑞希ちゃんが私に問いかける。

「うーん、そうだけど、そうじゃないっていうか。顔見知りって感じかな」

そう、ただの顔見知り。

向こうからしたら、他人も同然だと思うけど。

「珍しいね、すみれが男子を気にするなんて」

「き、気にしてなんかないよっ」

「あはは、焦ってるー！」

たしかにそうだ、焦ってる。

だって本当は瑞希ちゃんの言う通り、気になっているのは事実だから。

「もう、早く行こっ！」

瑞希ちゃんの手を取ってグイグイ進もうとすると、逆に引き止められた。

「だめだよ、すみれ。ゆっくり歩かなきゃ」

「すみれの体に負担がかかるといけないからね」

「大丈夫だよ、もう」

相変わらず心配症だな、瑞希ちゃんは。

そしてそんな瑞希ちゃんにはどうあがいても逆らえない。

私を諭す時の瑞希ちゃんはふわふわした印象じゃなくて、真顔だから。

そんな瑞希ちゃんを見たら、心配させちゃいけないなって気にさせられる。

中学の時に一度教室で発作が起こったのを目の当たりにしてから、瑞希ちゃんは私以上に私の体を気遣ってくれるようになったのだ。

新入生の教室は校舎の一階、私の場合、一組だから廊下の突き当たりにあった。

五組以上は校舎の二階にあるらしい。

「階段上がらなくていいなんてラッキーだね」と、隣で瑞希ちゃんが笑っていた。

新しい教室に入る時、どんな人たちがいるんだろうっていうワクワクと、うまくやっていけるかなっていう不安が入り混じってドキドキする。

瑞希ちゃんが一緒だから多少は心強いけど、うまく馴染めなかったらどうしよう。

でもそんな不安はすぐに私の意識から飛んでいった。

見知った背中を見つけて、驚きの方が勝ったからだ。

もしかして、いや、でも、まさかね。

そんな疑問がどんどん膨らんで、彼の背中から目が離せない。

黒板に書かれた出席番号順の自分の席を確認する。

「うそ……っ」

なんなんだろう、この偶然は。

恐る恐る彼の後ろの席にカバンをおろす。

音を立てないように椅子を引いて、静かに席に着いた。

同じクラスで席も前後。

恋愛ドラマや少女マンガみたいな展開が自分の身に起こるなんて。

机の上にあった『新入生の皆さんへ』と書かれたパンフレットに目を通すと、各クラスの名簿が載っていた。

『相楽　潤』

それは出席番号で私の一つ前に記載されていた彼の名前。

『さがら』で合ってるよね？

下の名前は『じゅん』っていうんだ。

相楽《さがら》潤《じゅん》。

相楽くん、かぁ。

入学式から一週間も経つと、同じクラスの生徒の顔ぶれがだんだんとわかるようになってきた。

全体的に明るいクラスで、仲は良くも悪くもなく、和気あいあいとしている印象だ。

特に運動部に所属している人が多くて気が合うのか、みんなでスポーツの話で盛り上がることもしばしば。

ただし例外を除いて、だ。

「それじゃあ今から係を決めるぞ。再来週の交流キャンプの実行委員も一緒に決めるからなー！」

「えー、俺は部活があるから免除で」

「ずりーぞ、俺だって」

担任の先生の言葉を皮切りに、みんながそれぞれ口を開く。

「ちょっと男子、部活を理由にするなんてずるいよ」

ブーブー文句を言う男子たちを瑞希ちゃんがたしなめる。

みんなの前で堂々と自分の意見が言える瑞希ちゃんはほんとにすごい。

教室内の空気が一気に静寂に包まれた。

「どの係や委員も男女一人ずつだからな。立候補がないならくじ引きにするぞー。異論のあるやつは？」

　もう誰も何も言わなかった。


「ドンマイ、すみれ」

低い確率を引き当てるのが得意な私は、見事に交流キャンプの実行委員という役割を呼び寄せてしまった。

やりたくないわけじゃない。

むしろ病気のことで中学の時から委員会や部活をやってこなかった身としては、一度経験したかったのもあって大歓迎だ。

ただ、私にちゃんとできるのかなっていう不安の方が強い。

重要な役割を担うプレッシャーもある。

それに、よりにもよって男子の委員は相楽くんに決まった。

「いつでも代わるし、できる限り協力するからね」

落ち込んでいると勘違いした瑞希ちゃんが私の肩を叩いた。

「無理しないで、つらかったらちゃんと言うんだよ？」

「大げさだってばぁ。私は大丈夫だよ。ありがとね、瑞希ちゃん」

早速今日の放課後に実行委員の集まりがあるということだった。

「さ、相楽くん、これから委員会だよ？」

掃除から戻ってきた相楽くんはいつもみたいにヘッドホンを装着すると、カバンを手にしれっと教室を出て行こうとした。

忘れているのかなと心配になって、そんな彼の腕をつかんで引き止める。

聞こえているのかいないのか、相楽くんは不機嫌そうに唇を尖《とが》らせた。

「だるいんだけど」

普通はそういう考えなのかもしれない。でも私一人で完璧《かんぺき》に役割をこなせる自信がないし、最初が肝心だと思うから一緒に委員会に参加しておきたい。

「やりたくないのはわかるんだけど」

「いちいち『ちゃんと参加しろ』って言われるのがだるい」

え？

それって私に対してってって意味？

「勝手にやって」

「あっ、ちょっ……！」

私の腕を振り払うと、相楽くんは足早に教室を出て行った。

「ちょっとすみれ、大丈夫だった？」

「え、何が？」

「だってあんなに無愛想な相楽くんに話しかけるんだもん」

男女関係なく誰とでも仲良くなれる瑞希ちゃんでも、相楽くんには声をかけられないらしい。

相楽くんも相楽くんで仲が良い友達はいるみたいだけど、それ以外には話しかけるなオーラを放っているからみんな近寄り難い。

無愛想で無口な一匹狼。

言葉を発さなくても、冷たい雰囲気をまとった彼は、整ったビジュアルと高身長のおかげで存在感は抜群だ。

「かっこいいー！」

「クールで無愛想なところがミステリアスっていうか、雰囲気が出てるよね！」

相楽くんの姿が見えなくなると、クラスメイトがたちまち騒ぎ始める。

密《ひそ》かに女子に人気があるようだけど、声をかけてもまともに返事をしてくれないから、みんな遠目に見てるだけ。

そんなクラスの中の例外に声をかけたから、瑞希ちゃんは驚きを隠せないようだった。

私だって初対面がこの教室だったなら、相楽くんに声をかけるのを躊躇ったかもしれない。

でももう知ってしまった。悪い人じゃないってこと。

あの日、相楽くんが助けてくれた時のことを思い出すと手首に指先の感覚が蘇るんだ。

だからかな、不思議と怖いと思わないのは。

「ごめんね、あいつ、ほんと無愛想で」

相楽くんが出て行った教室のドアをぼんやり眺めていると、スポーツバッグを肩にかけた体格のいい男の子、相楽くんの友達の生田《いくた》くんがやってきた。

生田くんは相楽くんの中学からの友達らしく、バスケ部に所属している。

相楽くんとは正反対の性格でクラスのムードメーカー的存在。

場を盛り上げて笑いを取るのが得意な、お調子者の男の子。

誰にでも分け隔てなく接してくれるから、親しみやすくて友達も多い。

生田くんは困ったような表情を浮かべながら、同じようにドアの方を見つめた。

「態度はああでも、根はいいやつなんだよ」

「あはは、うん」

私もそう思う。

「あいつにも色々あってさ、申し訳ないけど大目に見てやって」

色々……。

意味深な言い方が気になったけど、生田くんがあまりにも悲しそうな顔で笑うから、聞いてはいけないことなんだと察した。

「やだ、朝から超寝不足なんですけど」

「キャンプなんて面倒だよな」

「虫とか出たらやだぁ」

待ちに待った交流キャンプ当日、移動のバスの中はガヤガヤと騒がしい。

学校の時よりも集合時間が早いこともあって、みんなの口から不満が炸裂《さくれつ》。

私はというと昨夜は変な緊張から、なかなか寝付くことができなかった。

ちらり、隣の席の彼を見遣《みや》る。

通路側の肘《ひじ》置きに肘を載せ、手で頭を支えながら目を閉じる無表情な横顔。

まじまじと見たことがなかったから今初めて気付いたけど、まつ毛が長すぎる上に、お肌のきめも細かすぎる。

もし相楽くんがスポーツをやる人なら、顔に小さな傷跡の一つや二つくらいあってもいい気がするけど、陶器のようにきれい。

こんな男の子がこの世にいるなんて……。

って、見惚れている場合じゃない。

「相楽くん、そろそろビンゴをしたいんだけど」

昨日念入りに忘れ物がないかチェックしたリュックから、ビンゴカードを取り出す。

実行委員は行きのバスの中から帰りのバスの中まで、やることが多くて本来なら寝てる暇なんてない。

委員会には渋々参加してくれるようになった相楽くんも、細かい準備は私に任せると言って手伝ってくれなかった。

その代わり本番はちゃんとやるからって言ってたけど、この様子だと期待できそうにないかもしれない。

「配ってもらえるかな？」

ようやく目を開けた相楽くんにビンゴカードを渡すと、気だるそうにしながらも、後ろへ回してくれた。

「俺が番号引くから、桜田は発表して」

「わかった」

どうやら手伝ってくれる気はあるみたいなのでホッとする。

あまり表立ってするタイプじゃないのは見ていてわかるけれど、自分のできる範囲でしようとしてくれているのが伝わってくる。

「相楽、一枚余ったー！」

後ろの席の山田《やまだ》くんからビンゴカードの余りが返ってきた。

相楽くんは受け取ろうとしないので「ありがとう」と言って代わりに私が受け取る。

山田くんは気にしていないみたいだったけど、クラスメイトとの親睦《しんぼく》を深めるキャンプなのに、誰ともあまり交流する気がないのはどうなのだろうか。

もう少しみんなと仲良くした方がいいと思うのは私だけ？

そんなこと、本人には言えないけれど。

「ねぇ、これって何か景品もらえるの？」

「それ俺も気になってた！」

「景品はキャンプ中に食べれるお菓子でーす！　ちなみにクラスの半数ぐらいの人がもらえます」

マイク越しにそう伝えると一部の男子たちから喜ぶ声が飛んだ。女子たちは逆に残念がっている。

それでもビンゴゲームはものすごく盛り上がった。

相楽くんがあらかじめ作ったビンゴ用のくじを引いて出た番号を、私がマイク越しに読み上げる。

みんな夢中で番号を探して悔しがったり喜んだりしている。

「はーい、ビンゴ！　ビンゴー！」

他にもリーチが何人かいる中、バスの後席から嬉しそうな声が上がった。

「くっそー、先越されたー」

「一位のお菓子ってすごそうだよな」

初のビンゴ者が出たことでさらに盛り上がる。

「委員さーん、景品はー？」

「はーい、今渡すね。っと、景品景品」

私は景品を入れたバッグを捜す。

「あ、あれ……？」

どこやったっけ？

そういえば私、バスに景品を入れたバッグを持って乗り込んだっけ？

メインのボストンバッグはバスのトランク、サブのリュックは上の荷台。

朝玄関を出る時はたしかに持っていた。それはちゃんと覚えてる。

荷物がたくさんだから、お母さんに車で学校まで送ってもらった、その後だ。

その後から景品のバッグを見ていない。

ということは、お母さんの車の中に忘れた……？

うそでしょ……。

顔から血の気が引いていく。

今日まで抜かりなく下準備を進めてきたと思っていたのに、ここにきてこんな失敗をしてしまうなんて。

どうしよう、みんな景品を楽しみにしてるのに。

他の何を忘れても忘れちゃいけなかった物なのに……っ。

「あ、あの、ごめんね、忘れてきちゃったみたいで……」

こうなったら素直に謝って許してもらうしかない。

「え～！」

一位になった男子から不満の声が上がって、私は肩身が狭くなる思いだった。

「ほ、ほんとにごめんねっ！　後日、必ず渡すから」

「それはまぁいいけど、でもキャンプ中にもらいたかったなぁ」

「そ、それは……そうだよね」

あんなに堂々とお菓子だと発表して喜ばせておいてからのこの状況に、居心地が悪くてたまらなくなる。

私がうつむきかけたその時、隣に座る相楽くんが静かに立ち上がった。

そして私が手にしてるマイクを「かして」と言って奪い取る。

「あのさ」

たったひとこと喋《しゃべ》っただけなのに、その威力は先生よりもすごかった。

バス内がシーンと静まり返って、みんなが相楽くんに注目する。

クラスメイトと関わろうとしない相楽くんが、マイク片手にみんなに向き合っている。

その光景は普段の相楽くんからは想像がつかない。

私を含むみんなが、呆気《あっけ》に取られながら相楽くんを見ていた。

「景品を入れたバッグを忘れたのは実は俺なんだ」

私は思わず相楽くんの横顔を見上げた。

もしかして、かばってくれた？

「俺のせいで楽しい雰囲気をぶち壊して悪かった」

相楽くんは一つも悪くないのに、クラスメイトに向かって頭を下げた。

「え、やだ、そんなに重い空気を出さなくても」

「うん、お菓子くらいでそんなに言わなくてもいいんじゃない？」

「桜田さんだって一生懸命謝ってくれたし、今日まで頑張って準備してくれたの見てきてるもん。そこまで言っちゃだめだよ」

　みんな……。

　恐る恐る視線をクラスメイトに向けると、次第にみんなの目が一位の男子に向いた。

「俺はそこまで言ったつもりは……でも、ごめん」

　男子はモゴモゴと口ごもりながら、しっかり私の目を見て謝ってくれた。

「ううん……！」

　もとはといえば私のせいなのだ。

「じゃあ早速続きしようぜー！」

　生田くんがクラスの雰囲気を変えるように明るい声を張り上げた。そしてビンゴゲームを再開すると、すぐに先ほどまでの賑やかさが戻ってきた。

「さっきはありがとう」

「誰にでも失敗はあるんだし気にするなよ」

　何事にも無関心に見えた相楽くんの口から出た言葉だとは、とても信じられない。

「でも、どうしてかばってくれたの？」

「あまりにも青い顔で泣きそうになってる誰かさんを見たら、自然とな」

「……っ」

相当ひどい顔をしていたのだろうか。だけどまさか、相楽くんがかばってくれるとは予想もしていなかった。

「なんだよ？」

驚きで固まる私を見て眉を寄せる相楽くん。

「あ、ありがとう！　相楽くんって、やっぱりいい人だね」

「ぷっ」

へっ……⁉

わ、笑った？

「単純なやつ」

うん、そうだね、私って単純だ。

ほんの少し、口角を上げて小さく噴き出しただけの相楽くんに、思わずドキッとするなんて。

「あー、クタクタだー」

キャンプ場に到着し、お昼にお弁当を食べてから、ウォークラリーで周辺を散策、それから夕食のカレー作り、そしてお風呂《ふろ》。

イベントがギュギュッと詰め込まれたプログラムには、普段からバレーで体力がある瑞希ちゃんも、さすがに疲れたようだった。

「実行委員の仕事、大変じゃない？　つらかったら代わるからね！　すみれのためならなんだってするよ？」

「大丈夫だよ、瑞希ちゃん」

心配顔を見せる瑞希ちゃんに笑顔を返す。

実行委員はウォークラリーには参加せず、裏方の仕事に徹していたから、みんなよりはまだ体力が温存できている。

とはいえほとんど休む間もなく動き続けているから、正直少しきつい。

この後のキャンプファイヤーさえ乗り切れば、あとは実行委員の反省会に参加するだけ。それが終わったらゆっくり休める。

だからそれまではなんとしてでも頑張らなきゃ。


「じゃあ頼んだぞ、お前たち」

夕方のキャンプファイヤー前、先生たちとの最終の打ち合わせが済んだ。

これから野外に移動してキャンプファイヤーの下準備だ。

「おーい、実行委員ー！」

遠くから先生に手招きされて私と相楽くんが呼ばれた。

「はーい、今行きまー……」

勢いよく動こうとしたせいなのか、一瞬目の前が真っ暗になった。そのせいで足元がふらつく。

「っと」

そんな私に気付いた相楽くんが体を支えてくれた。

「大丈夫、じゃないよな？」

「だ、大丈夫、だよ……？」

「うそつけ」

鋭い視線を向けられて思わず言葉に詰まった。

「無理して悪化したらどうするんだよ」

「そ、それは……」

背中に感じる体温が妙にリアルで、こんな時なのにドキッとする。

それと同時に病院で脈を測られた時の手の感触が蘇った。

ありえないほど心臓の鼓動が早いのは、多分、きっと、ううん、絶対、病気のせいなんかじゃない。

「行くぞ」

「え、あの……？」

行くって？

「救護室。倒れられたらこっちが迷惑するんだからな」

そこまで言われてしまってはぐうの音も出ず、私は大人しく相楽くんに従うしかなかった。

宿舎の管理室の隣にある救護室のベッドで横にならせてもらう。

「ごめんね、ありがとう……」

「今日はもうこのまま休んでろよ。会議も俺が参加して先生に事情伝えとくから」

「ごめんね……」

やっぱり私にはハードな実行委員なんて無理だったのかな。

あと少しで無事に一日を終えることができたのに。

あと一歩のところで、私はいつも失敗するんだ。

そんな自分が情けなさすぎて嫌になる。

弱っているせいなのか、ネガティブな考えが浮かんだ。

「俺は今までサボった分を取り返してるだけだから謝らなくていい。桜田は今まで真面目にやった分、今サボってるだけだろ」

「え？」

「だから、そんなに申し訳なさそうにする必要ないから」

もしかして、相楽くんなりに励まそうとしてくれている？

無表情だから伝わりにくいけど……。

「それに困った時はお互いさまだろ」

「お互い、さま……」

そんな風に言ってもらえるなんて。

「俺だって明日体調崩して迷惑かけるかもしれないだろ？　誰にも予測できないことで自分を責めるのはやめろ」

相楽くんの言葉は胸にすんなり入ってきた。

そういう考え方もあるんだ……。

「ごめんね……明日は精いっぱいやるから」

「いいから俺に任せて何もするな」

「ううん、できることはやるから！」

「はぁ……頑固だな」

呆《あき》れ顔を向けられたけど、私は精いっぱいの笑顔を返した。

「それだけが私の取り柄だから」

「なんだよ、それ」

あ、また……笑った。

クールなイメージが抜けて爽《さわ》やかな印象に変わる。

みんなの前でもこんな風に笑えば、多少はイメージが変わると思うんだけどなぁ。

でもなんとなく、この笑顔は私だけの秘密にしておきたい……なんて、そんな風に思う私もどこかにいる。

　いやいや、ないない。

　私はそんな感情を隠すように、掛け布団を鼻先まで引っ張った。

「明日相楽くんが体調崩してもいいように、今しっかり休んでおくね」

「ああ」

　てっきり何か言われると思ったのに、相楽くんは素直に頷《うなず》いた。

「くれぐれもよーく寝てろよ？」

「なんだかそれって変な日本語」

　思わずクスクス笑ってしまう。

　顔には出なくても、きっと心配してくれているんだ。

　その気持ちがなんだかすごく嬉しい。

「じゃあな」

　相楽くんが出て行くと救護室内は一気に静かになった。

　そしてしばらくすると誰かが入ってくる気配で目が覚めた。

「すみれー？　調子悪くなっちゃったんだって？　大丈夫？」

　カーテンの隙間から体操服姿の瑞希ちゃんが顔を出した。

「どうしてここに？　今ってキャンプファイヤー中だよね？」

　その証拠に遠くからきゃあきゃあ言う声が聞こえる。

今一番盛り上がっているところなのでは……？

「すみれの姿が見当たらないから先生に聞いたの。そしたら救護室だって言うから抜け出してきちゃった」

「ええ、そんな……なんだかごめんね。私は大丈夫だから、もう戻って？」

瑞希ちゃんには心配ばかりさせちゃっているから申し訳ない。

「こんな場所に一人じゃ心細いでしょ？」

病弱で寂しがり屋で、その上一人じゃ何もできない。

きっと、瑞希ちゃんは私のことをそんな風に思っているんだろうなぁ。

だからなのか、私がいくら『大丈夫』だと言っても、聞き入れてもらえた試しがない。

ちょうど一年前の春、新しいクラスになったばかりの授業中に、突然息苦しくなって座っていられなくなり、椅子から転げ落ちる形で倒れたのだ。

後から聞いた話だと、救急車を呼ぶほどの事態で、教室内は一時騒然となったんだとか。

どんどん血の気がなくなっていく私を見て、瑞希ちゃんは私がこのままどうにかなってしまうのではないかと思ったらしい。

その後から気遣ってくれるようになったクラスメイトもいれば、妙によそよそしくなったクラスメイトもいて、そのどちらも私を『病気持ちの子』というフィルターをかけて見ているのがよくわかった。

だからこそ私は……人に弱さを見せられない。

ううん、見せたくないんだ。

ただでさえ心臓の病気というハンデがあるのに、これ以上弱いところを見せて心配されたくない。

『病気の子』という目で見られるのが一番嫌だ。

対等に見られていない気がして悲しくなってくるから……。

そんなことを考えている自分を見抜かれたくなくて、私は笑顔を作った。

「戻ってくれなきゃそれこそ気がかりだから、ね？」

「うう、心配だけど……すみれがそこまで言うなら」

瑞希ちゃんは名残惜しそうにしながらも、渋々戻って行った。

瑞希ちゃんは気遣ってくれる方に傾いたタイプで、どんな時でも私を心配してくれる。

それはありがたくもあるけど、時々、ほんの時々……胸の中に点々と黒い染みが広がっていくような気持ちにさせられることもある。

なんて言えばいいかうまい表現の仕方が見つからないのだけれど、煩わしい……その表現が一番しっくりくるかもしれない。

やだやだ、心配してくれているだけなのに……そんな風に思う自分がいるなんて、最低、性格悪すぎだよ。

あーもう、とにかく今は何も考えずに休もう。

そう思い、私はそっと目を閉じた。

ふと、肌寒くて身震いした。

うっすら目を開け、ハッとする。

そういえば昨日からキャンプにきてるんだっけ！

あの後頃合いを見計らって自分の部屋に行こうと思っていたのに、思いの外熟睡してしまい、気づけば外はうっすら明るくなっていた。

今何時だろう。

そっと起き上がり、時計を捜す。

「五時かぁ……」

どうりでまだ薄暗いはずだ。

カーテンを開けると朝焼けの空が目に入った。

宿舎は周りを雑木林に囲まれていて、鬱蒼と茂った木々の間の空から、薄い黄色と紺色のグラデーションが見える。

山だからなのか、体操服だからなのか、室内にいても寒さを感じる。

それでも目を見張るほどのきれいな空を見て、私はそっと救護室を抜け出した。

「わぁ、眩しっ」

思わず目を細める。

吐く息が白くなるほどの寒さに、ジャージの袖を目一杯伸ばして指先を隠した。

太陽がだんだんと上に昇っていくのを、こんなに近くで見るのは初めて。

大自然の中で夜から朝になろうとしているこの瞬間は、なんて神秘的なんだろう。

それだけで今日もいい一日になりそうな予感がする。

「ねぇ、待ってよ、どこ行くの？」

「なんだ、夏美《なつみ》かよ」

宿舎の方から人の声がした。

こんなに朝早くから誰だろう。

「部屋から潤の姿が見えたから追いかけてきたんだよ。こんなに朝早くから何してるの？」

「ただの散歩」

「あたしも一緒にいい？」

「勝手に付いてきといて今さらかよ」

声がだんだんと近付いてきて、私は木の陰に思わず身を隠した。

少しでも動くと見つかってしまいそうなほどの距離に人の気配がして、鼓動がバクバクと早くなる。

隠れる必要なんてなかったのに、とってもいけないことをしてるような気分。

「ねぇ潤、あれから奏《そう》の様子はどう？　あたしもそろそろお見舞いに行きたいんだけど」

そっと様子をうかがう。

えっ⁉

相楽くん……？

そこには相楽くんの姿があった。彼は私の方を向いているけれど、女の子は背中を向けている。

そのせいで顔が見えないけれど、お互い下の名前で呼んでいたし、クラスの子ではないと思う。

木々の間から射し込む太陽の光が反射して、ちょうど二人を照らしている。

まるでそこだけスポットライトが当たっているようだった。

「今はまだちょっと無理なんだよ」

お見舞い……？

奏……？

とても深刻そうになんの話をしてるんだろう。

それ以上に相楽くんに女友達がいたことに驚きを隠せない。

下の名前で呼び合うほどだから、よっぽど親しい間柄なのかな。

「あんまりよくないの？　おばさんもずっと付きっきりなんでしょ？」

「いや……そういうわけじゃないから」

トーンダウンした相楽くんの声は何かがあることをうかがわせる。

「そう。また行けるようになったら教えてね」

お見舞いって……もしかして。

私はふと病室の前に立っていた相楽くんの後ろ姿を思い出した。

もしかすると、その人のことを言ってる……？

「あたし、高校でもバスケ部のマネージャーになったの。潤はバスケ部には入らないの？」

女の子はだんだんと切羽詰まったかのような声になっていった。

「高校でもやるんだって、あんなに意気込んでたじゃん。一緒に頑張ろうって約束もした。それなのに……」

「関係ないだろ、夏美には」

「まだ事故のことを気にしてるの？　あれは潤のせいじゃないいんだよ？　気持ちはわかるけど、潤には潤の生活を大事にしてほしいよ」

「もう俺に構うな」

「嫌だよ、潤のことが心配なんだもん」

女の子はそう言いながらうつむいて、相楽くんのジャージの袖をつかんだ。

「だめだよ、投げやりになっちゃ。前みたいな潤に戻ってよ……お願いだから」

盗み聞きなんてするんじゃなかった。

相楽くんの中学の時からの女友達、ううん、もしかするとそれ以上の……。

パキッ。

一歩下がると、木の枝を踏んだのか音が出てしまった。

二人の顔が同時にこっちを向く。とっさに木の後ろに隠れたけれど、遅かったようだ。

「誰かいんのか？」

ギクリ。こうなったら素直に出るしかないだろう。私は覚悟を決めて二人の前に姿を現した。

「桜田……？」

「ご、ごめんね、聞くつもりはなかったんだけど、たまたま……ほんとごめんね」

私は返事も聞かずに慌ててその場を後にする。

ちらっと見えた女の子は、背中までの長いポニーテールが印象的で、背が高く、おまけに手足も長い、モデル並みのスタイルを持つ美人だった。

どこからどう見ても二人はお似合いで、私はなぜだかほんの少しだけ胸の奥が痛かった。

第二章　～夕焼け色に染まる空～

キャンプから三日が経ち、週末を挟んだ後の登校日。

キャンプから帰宅すると一気に疲れが出てしまい、この二日間はベッドの中で過ごした。

おかげで体調はすっかり元通りになった。

だけど……胸に渦巻くこのモヤモヤはなんなんだろう。

あの朝二人が話していた姿が目に焼き付いて離れなくて、心の奥深くがチクンと痛んだ。

「すみれ、おはよう」

「あ、瑞希ちゃん、おはよう」

「体調はどう？」

ほぼ毎日のように瑞希ちゃんは私に体調を確認する。

キャンプの時に具合が悪かったのを知ってるから、余計にかな。

「大丈夫だよ」

「うんうん、顔色も良さそうだね」

私の顔を覗き込み、ホッとしたように笑う瑞希ちゃん。

「ほんと心配性だなぁ……」

なんでだろう、瑞希ちゃんの笑顔にモヤモヤする。

黒い染みが胸の中で広がって行くような感覚だ。

ただ心配してくれているだけだって、わかっているのに……。

愛想笑いを返すこともできず、私は無心でカバンの中身を机に詰めた。

「あ、相楽くんだ」

ドキン。

瑞希ちゃんのひとことで意識が彼に集中する。

どうして急に心臓が暴れ出すの。

これじゃあまるで相楽くんを意識してるみたいじゃん。

「相楽くん、交流キャンプから少しだけみんなと打ち解けたよね」

「え、あ……」

瑞希ちゃんの話によると、キャンプファイヤーの時に一部のふざけた男子たちによるボヤ騒ぎがあり、それにいち早く気付いた相楽くんが対処したらしい。

木に燃え移った炎をバケツに汲《く》んだ水で消火したんだとか。

みんなが慌てる一方で相楽くんだけが冷静だったらしく、先生に指示までして的確に場を収めた。

それを見ていた人たちから、賞賛の拍手喝采《かっさい》だったらしい。

淡々と対応していた相楽くんの姿が想像できて、思わず笑ってしまった。

心なしかクラスの男子たちは相楽くんを尊敬の眼差《まなざ》しで見つめているような……。

女子たちも相楽くんを見ていつも以上にきゃあきゃあ言っている。

「相楽ー、お前、マジですごかったよなー！」

「ほんと俺にはマネできねーよ」

登校してきた相楽くんに男子数人が声をかけた。

相楽くんは「おう」とか「べつに」とか、短く返事をして、こちらに向かって歩いてくる。

だんだん近付いてくる相楽くんと目が合った。

「お、おはよ」

「うん」

気だるげな態度で無表情。

素っ気なく返事をしてから、相楽くんは私の前の自分の席に腰をおろした。

相楽くんは意外と几帳面《きちょうめん》で、机の中はきれいに整頓《せいとん》されている。

プリントがシワになるのが嫌なのか、配布物はすべてクリアファイルに入れて管理している。

教科書を授業の順番毎に並べている姿を毎日見るし、ノートと教科書を机の中で左右に分けて入れている。

後ろの席の私には、彼がよっぽどマメな性格なんだってことが見ていてよくわかった。

それだけではなく、どうやら相楽くんは勉強もできるらしい。

得意なのは英語で発音は完璧。

スラスラと英文を読む姿は、まるで本物の外国人のようだった。

「お前、そんなに発音よかったか？　俺と一緒で英語は壊滅的だったはずだろ？」

授業中、音読が終わった相楽くんに、隣の席の生田くんが目を丸くする。

「うっせ、進化したんだよ」

「んな訳あるかー！　日本人は日本語だけ話せりゃ問題ないっつってたくせに。俺だけ置いていくなよー！」

あわあわと頭を抱える生田くんに、クラス中から笑いが漏れる。

「人は変わるんだよ。お前も少しは成長しろ」

「なんだと、生意気なー！　お前だけずりーぞ！」

「こら、今は授業中ですよ」

「はーい、すみませーん！」

先生にたしなめられ、生田くんは大人しくなった。

冷静な相楽くんと感情がすぐ顔に出る生田くん。

両極端な二人のコントのようなやり取りは、英語の後の数学の時間にも続いた。

どうやら相楽くんは中学の時、英語だけではなく数学もそこまで得意ではなかったらしい。

「わかったぞ、お前は潤の皮をかぶった偽物だな⁉　じゃなきゃこんな短期間でできるようになるわけねーじゃんよ！」

「やだぁ、生田くん負け惜しみはやめなよー」

「誰が負け惜しみだー！」

二度目ともなると、みんな呆れ顔で生田くんにツッコミを入れる。

それほど言いやすいキャラだからってのもあるけど、なんとなく、みんなと仲良くなれるようにっていう生田くんの意図が見えた。

よっぽど相楽くんのことを心配しているんだよね。

生田くんはバスケ部だし、交流キャンプで見たポニーテールの女子のことも知ってるのかな。

訳ありらしい相楽くんを二人はとても心配してる。

でも相楽くんはやっぱり、そんな二人とも距離を置こうとしているように私には見える。

誰にも心を許していないというか、ひとりぼっちで深い闇を抱えているような気がする。

相楽くんに潜む影。あの日桜の木の下で初めて相楽くんを見た時、それを直感した。

その日の放課後、みんなが帰り支度を整え、一人、また一人とクラスメイトが教室を後にする。

「あ、相楽くん、この後実行委員の反省会があるから残っててね」

荷物をカバンに詰め、ヘッドホンを装着して帰ろうとする背中に声をかけた。

聞こえていないのかと思って前に回り込む。

「あの、今日反省会が」

「聞こえてるよ。会議室集合だろ？」

「あ、うん。待って私も行くから」

教室を出て行こうとする相楽くんの背中を追いかける。

相楽くんは私が後ろから付いてきているのを知ると歩く速度を落とした。

もしかして、気遣ってくれてる？

隣に並ぶと私よりも頭一つ分背が高くて見上げる形になる。

澄ました横顔は驚くくらい整っていて見惚れてしまいそうになる。

「なんだよ？」

どうやら、見ているのがバレたらしい。

「なな、なんでもないよっ」

焦って思わずつっかえてしまう。

すると、相楽くんの口角がかすかに持ち上がったのがわかった。

柔らかそうな黒髪が廊下の窓から射し込む日に透けてキラキラと輝いている。

なんだか漫画や映画に出てきそうなワンシーンだなぁ。

目が離せなくて釘付《くぎづ》けになりそう。そんな魅力が相楽くんにはある。

って、だめだめ。

視線をスッと前に戻す。

会議室に着くと私たちが最後だったようで、すぐに反省会が始まった。

会議が終わったのは開始から一時間が経過した後の十六時だった。

各クラスでよかった点と反省点、今後の改善策を発表し合い来年に繋《つな》げていくというような内容。

キャンプファイヤーの時のボヤ騒ぎがどのクラスでも反省点として話題にのぼった。

そこで冷静に対処した相楽くんのことも必然的に話題となり、みんなから注目を浴びた。

本人は素知らぬ顔で、まるで自分は無関係ですとでも言いたげな雰囲気だったけれど、その態度が『自慢気にしてないところが逆にいいよね』なんて一部の女の子から言われていたっけ。

クラスの女の子たちも、話すきっかけとして相楽くんにボヤ騒ぎの話題を振ったり、何かとみんなから褒め称《たた》えられるのを今日だけでもたくさん耳にした。

色んなところで相楽くんの株が目に見えて上がったのがわかる。

「相楽くんって家どの辺？」

会議の後、会議室を出て、なんとなく一緒に昇降口へ向かっていた。

「扇屋市《おうぎや》」

「私は扇子市《おうぎこ》だから、反対方向だね。ってことは、電車？」

私の問いかけに相楽くんはゆっくり頷く。

キャンプの時は距離が近付いた気がしたのに、終わるとまた振り出しに戻った感じだ。

必要以上に踏み込んでこようとしないし踏み込まれたくもなさそう。

昇降口で上履きから外靴へ履き替えていると、ジャージ姿の女子がパタパタと走ってきた。

一度は通りすぎたものの、彼女は振り返って相楽くんだとわかると慌てて引き返してきた。

「あ、潤！」

あの時のポニーテールの子だ。

両手いっぱいにたくさんのビブスを抱えながら、相楽くんに満面の笑みを向ける。

「あたし今部活中なんだけど、よかったらこれから見学だけでも来てみない？」

「いや、やめとく」

「そう言わずにさ、ね？」

顔を覗き込んでこようとする女子に、見ているこっちの心が凍りそうなほどの鋭い視線を向けた。

「おせっかいなんだよ」

「それはわかってるけど、あたし、どうしても潤にバスケ部に入ってほしくて。だって、

「今まで一生懸命頑張ってたのを知ってるから……！」

相楽くんは軽くうつむいて下唇をギュッと噛《か》んだ。

握った拳がかすかに震えているのがわかる。

バスケをやりたくない理由が何かあるのかな……。

それに、何があっても無表情で淡々としてるのに、彼女といる時だけ感情をあらわにしている。

それだけ深い関係だから、心を揺さぶられているんだよね……？

そう考えたら、なんとなくだけど胸が痛かった。

「ごめんね、無理に引き止めて。気が変わったらまた教えてね」

何も答えようとしない相楽くんに、女の子の方が折れた。

「えーっと、あの、キャンプの時の……？」

女の子はこちらに向き直って私を見た。

「え⁉」

まさか話題を振られると思っていなかった私は完全に油断していた。

眉を下げ、どことなく不安気な表情。

大きな目を潤ませる姿は可愛い以外の何物でもない。

「わ、私はその……っ、桜田すみれって言います！」

焦って敬語になってしまった。

「ただのクラスメイトだから」

冷静な相楽くんの声が聞こえた。

「そ、そう、ただのクラスメイトだよ！　実行委員の反省会があって一緒にいただけだから っ」

って、何を言い訳みたいなことを……。

「そうなんだ！　あたしは及川《おいかわ》夏美だよ。邪魔してごめんね」

夏美さんの顔はみるみる明るくなった。

なんてわかりやすい子なんだろう。

それに素直で可愛い。勝てるわけない、こんな子に。

いやいや、そんなのを考えること自体おかしいから。

勝つとか負けるとか、勝負じゃないんだから……。

どうかしてるよ、最近の私は。

『ただのクラスメイトだから』

相楽くんの言葉は事実なのに、ダメージを受けてる自分がいるなんて。

なんとなくの流れで相楽くんと駅まで一緒に帰ることになった。

快晴の空の下で並んで歩くなんて変な感じ。

特に話題もなく、学校から駅まではすぐなので、あっという間に着いてしまった。

相楽くんは瞬く間にカバンから出したＩＣ定期券を改札にかざして、ホームへと入って行く。

私も同じようにホームへ入る。

「じゃあな」

「あ、うん。バイバイ」

挨拶《あいさつ》を交わして相楽くんの乗るホームとは反対側のホームへ向かった。

あ、いる。

一人だけ飛び抜けて背が高いからすぐにわかった。

ヘッドホンを装着して、周りをシャットアウトするように目を閉じながら腕組みしてる。

同じ高校の生徒たちが、そんな相楽くんをチラチラ見つめながら何やら騒いでいるようだった。

立っているだけでも目立っているもんね。

雰囲気があるというか、人の目を惹《ひ》き付ける魅力が相楽くんにはある。

見つめられるとそれだけで吸い込まれてしまいそうになるんだ。

『間もなく電車が到着します』

しばらくするとアナウンスが流れて相楽くん側の電車がやってきた。

できればもう少しだけ見ていたかったなぁ、なんて。

電車が発車し、だんだんと駅を離れて行く。

私は何気なく相楽くんが乗った電車を見つめていた。

「あれ？」

なんで？

どうして？

相楽くんは電車には乗らずに、ホームに立ったままだった。

乗る電車が違ったのかな？

ううん、アナウンスで『扇屋駅行きの』って言っていたから、相楽くんが乗るはずの電車でまちがいないはず。

あえて乗らなかった？

そんな相楽くんを不思議に思いながら、気になって自分のいるホームから相楽くんのいるホームへ移動した。

そっと近付き、未だに目を閉じている相楽くんの隣に立つ。

すると気配を感じ取ったのか、相楽くんがゆっくりと目を開けた。

「何してるんだよ」

私がいるのがわかっていたみたいに、じとっとした視線を向けられる。

「それはこっちのセリフだよ。相楽くんこそ、電車に乗らずに何してるの？」

「俺は……別に。関係ないだろ、桜田には」

トーンダウンした相楽くんの声には、明らかに元気がないように聞こえた。

「それはそうだけど……あ、ほら、あれだよ、交流キャンプの時はたくさん助けられたから、今度は私が相楽くんの話を聞くよ。なんでも私に話してみて。ね？」

私は自分の胸をトンと拳で叩いた。

何を言ってるんだろうって自分でも思う。

相楽くんは助けを求めてなんかいないのに。

でも相楽くんのことになると、ちょっとのことで気分が浮いたり沈んだりして忙《せわ》しない。

それにとても気になって仕方ない。

アナウンスが流れて、急行電車がやってくるのを知らせる。

近くの踏み切りの音が鳴り出した。

「ご、ごめんね、なんか変なこと言って。気にしない……」

「……行きたい」

「え？」

踏み切りの音のせいでよく聞こえなかった。

「どっか遠くに行きたい」

と、遠く……？

てっきり突き放されると思っていたから、しばらくポカンとしてしまった。

その間に電車はホームへとやってきて、開くドアからたくさんの人が降りてくる。

「よし、わかった。行こう」

理由はよくわからないけど、逃げ出したくなる時って誰にでもあるよね。

初めて見せてくれた相楽くんの本心。

何よりも私はそれに応えたいと思った。

「バーカ、冗談だよ」

私は相楽くんの腕をつかんで、すでにドアが閉まりかけている急行電車へ飛び乗った。

「おまっ、何考えてるんだよ」

「相楽くんが言ったんでしょ、遠くに行きたいって」

「そうだけど」

「自分の言葉には責任を持たなきゃ。ね？」

「はぁ……俺がバカだった」

そう言いながらため息を吐く相楽くん。

「まぁまぁ、私、一度急行に乗ってみたかったんだよね！」

「こうなったらとことん遠くまで行ってやるよ」

「いいね、終点まで行ってみよう！」

ルンルンと鼻歌交じりの私と投げやり気味の相楽くん。

急行電車はすごいスピードでいくつもの駅を通り越して行く。

車窓からの風景はだんだんと街から田舎町へと変わって行った。

いつもとは違う在来線に乗っている。

それだけでなんだかとてもワクワクする。

終点に近付いて行くにつれて車内の乗客も減っていき、終点の一つ手前の駅からは、とうとう私たち二人だけになった。一時間ほど電車に揺られ、時刻は十七時半を回ったところだ。四月も下旬に入ってずいぶん暖かくなったけれど、日が沈みそうなこの時間帯は少し肌寒い。

「わぁ、海だぁ！」

車窓の奥の海を見て思わず笑みがこぼれる。

「そんぐらいではしゃぐなよ、単純なやつだな」

窓に張り付く私を見て、相楽くんが悪態をつく。

「だって海だよ？　テンション上がらない？」

「別に」

「夢がないなぁ、もう」

終点の駅に着く頃、スマホにお母さんからの着信があった。

普段なら家にいる時間帯。

遅くなるって連絡しておいたのに、心配性なお母さんらしい。

でも今だけは、全部忘れて楽しみたい。

私はスマホをカバンの奥へと押しやった。

「砂浜だ！」

電車を降りて駅を出たら、目の前には真っ白な砂浜が広がっていた。

「潮の香りもするー！」

「そりゃするだろ、海なんだから」

「私、海って初めてなんだよね。だから全部が新鮮っていうか、感動！」

肺いっぱいに海の空気を吸い込むと、吐き出す息から潮の香りがするような気がした。

ねっとりとした湿った風、打ち寄せる波の音、隣にいる相楽くんの存在、ささいなことに心が躍る、こんな感覚は初めてだ。

遠くの岬に白くて細長い灯台がポツンと建っている以外に高い建物はなく、果てしない海が広がっている。

「あ、ちょっと待ってよ」

相楽くんを追いかけようとして砂浜に足が取られる。

スニーカーで砂を踏む感覚までもが楽しいだなんて知らなかった。

「海の水ってもっときれいなイメージだったのになぁ」

暗いというか、黒いというか、頭の中にある透き通ったイメージとは百八十度違っていた。

「暗くなりかけてるからだろ。昼間にきたら多少はマシだと思う」

「たしかにそうだね」

昼間にまたきたいなぁ。

できれば相楽くんと一緒に……。

水平線の向こうにある太陽が沈んでいくのを眺めていると、辺りはだんだんとオレンジ色に染まっていった。

「きれいな夕陽」

この世の中にこんなに素敵な景色があるなんて知らなかった。

心が震えるって、本当にあるんだ。

砂浜に二つの影が細長く伸びている。

夕焼けと影がマッチして幻想的な空間だ。

遠くの灯台や、手のひらを空にかざすとそれさえもがオレンジで、私はその手を自分の左胸に当てた。

トクトクトクトク、小さなリズムを刻んでちゃんと動いているのがわかる。

でもいつか、この心臓が止まる日が確実にくるんだ……。

あまり考えたくないけど……私はあとどれくらい生きられるのかな。

きれいな景色をもっとたくさん見てみたい。

もっともっと色んな場所に行ってみたい。

やりたいこともたくさんある。

だけどそれはできないかもしれない。

先のことがわからなくて、とてつもない不安に襲われる。

この先どうなってしまうのか想像するだけで怖い。

「あっという間に終わっちゃったね」

瞬く間に沈んだ夕陽が夜の闇を引き連れてきた。

「桜もそうだけど、きれいなものってどうして一瞬で終わっちゃうのかな」

もっともっと見ていたい、心に焼き付けたいのに……。終わってしまったことで胸に虚無感が押し寄せる。

真っ暗で何も見えなくなる夜なんて大嫌い。

「長いことあったらありがたみがわからなくなるからだろ。いつでも見れたら、それが当たり前になってきれいだとは思わなくなる。だから特別なんだよ」

真面目な顔で正論を言われてしまった。

「それはまぁ、そうなんだけどさ。せめてもう少し見ていたいのになぁ」

「また見にくればいいだけの話だろ。桜だって毎年見られるわけだし、悲観するほどのことじゃない」

「まぁ、ね」

でもさ、その『また』がないかもしれない場合は？

「毎年見れるけどさ、その時々の空のグラデーション具合だとか、雲の様子だとか、自分のコンディションだとかで見え方が全然違うんだよ。だからその時々、その瞬間が大切なの。二度と同じものは見れないから」

当たり前だった日常が期限付きの特別に変わった時、それまできれいだとしか思ってなかった桜の花がものすごく儚いものに思えた。
そんな風にして人の感覚は変わっていく。
一度染み付いた感覚を変えるのは、この先容易いことじゃない。
どうやったってもう、桜を見てただ感動していただけの純粋な自分には戻れない。
来年の私は桜を見て何を思うんだろう。
来年もこの海にこられるのかな?
同じようにきれいな夕陽を見て、心が震える?
ううん、それよりも……来年、私は生きているのかな……。
もう見られないかもしれないから、今この瞬間に少しでも胸に刻んでおきたかった。
心のシャッターを切って、ずっとずっと、焼き付けておきたい。
多分この先も私は、きれいなものを見たらそんな気持ちになるんだと思う。
「桜田ってロマンチストなんだな」
相楽くんの口角がかすかに持ち上がった。
カシャッ、無意識に心のシャッターを切る音が響く。
この顔も私の中に残しておきたいと思った。
「そんなことないよ」
突然海の方から強い風が吹いた。
髪や制服が乱れて、思わず手で押さえる。

昼間は暑いくらいの陽気だったのに、暗くなって一気に肌寒くなった。

「さむっ」

抱くようにして両腕をさする。

もう少し厚着してくればよかった。

暑い日だったり寒い日だったり、最近の天気はてんでバラバラだから読めないんだ。

「ん」

「え？」

相楽くんは着ていたブレザーを脱ぎ、私に向かって差し出した。

「いらないいなら引っ込めるけど」

「い、いる！」

相楽くんのブレザーは当たり前だけど私のよりもずいぶんと大きかった。

肩からかけても袖は長いし裾だって。

男の子、なんだなぁ……。

そう思うと次第に胸の鼓動が自分でもわかるくらいに大きくなった。

でも心地いい。それに暖かい。ブレザーから相楽くんの匂いがして大きく胸が高鳴った。

誰かといて、こんな気持ちになるのは初めてだった。

「そろそろ帰ろうぜ」

「あ……うん」

秘密の時間ももうおしまい。

一大イベントを終えた後のような物悲しさが押し寄せる。

もう少し一緒にいたかったな。

きっと、非現実だからそう思うだけで、そこに特別な意味なんてないんだから。

自分にそう言い聞かせながら、外灯もなく真っ暗な駅までの道のりをトボトボと歩く。

新月だから月も出てなくて、足元を照らす相楽くんのスマホの明かりだけが頼りだった。

「わっ」

砂浜に埋まっていた岩のように大きな石に躓《つまず》き、前を歩いていた相楽くんの背中に体当たりしてしまった。

「ご、ごめんっ、暗くてよく見えなくて」

「ったく、仕方ないな、ほら」

相楽くんは私の手をつかむと、何事もなかったかのように歩き出した。

「え、ちょ、あの……」

手、手が……っ。

「転んで怪我するよりマシだろ」

「いや、えっと……」

そうじゃなくて……っ。

もっとほら、こうさ、あるでしょ？

恥ずかしいとか！

内心パニックになりながらも、一切動じていない相楽くんを見て、落ち着けと自分の胸に言い聞かせる。

それに反してドキンドキンと、心臓の鼓動が大きくなっていく。

私だけが意識してるだなんて恥ずかしすぎるっ。

だから落ち着け、私の心臓。

相楽くんの手はゴツゴツしていて温かかった。

骨ばっていて、大きくて、そこにも男の子を感じずにはいられない。

目が暗闇に慣れてくると、うっすらと相楽くんの無表情な横顔が目に映った。

ああ、もう、どうしてそんなに普通でいられるの!?

夜でよかった。

だって今赤くなった顔を見られたら、言い訳ができないんだもん。

「も、もう大丈夫だからっ」

駅周辺には外灯が立っていて、私は慌てて手を引っ込めた。

ジンジンしていて火がついたように熱い。

悟られないようにそっぽを向いてなんでもないフリをするのが、今の私にできる精いっぱいのことだった。

「十五分後か」

電車は三十分に一本出ていて、どうやら次は十五分後らしい。

木造のこぢんまりとした駅の中の青いベンチに並んで腰かける。

鼓動はずいぶん落ち着いたけど、手に残る熱は未だに消えてくれない。

結局、遠くに行きたいと言った相楽くんの胸の内はわからなかったけど、よかったんだよね、これで。

うん、そう思うことにする。

「あ、そうだ、これ、ありがとう」

私は羽織っていたブレザーを脱いで相楽くんに渡そうとした。

するとその拍子に胸ポケットから生徒手帳が落ち、挟まっていたであろう写真がひらりと宙に舞った。

「ご、ごめんねっ」

慌てて生徒手帳と写真を拾う。

見ようとしていたわけじゃないけど、たまたま写真が見えてしまった。

そこにはまだ幼い小学校高学年くらいの相楽くんと、相楽くんにそっくりな男の子、そしてもう一人、真ん中にポニーテールの女子が写っていた。

ポニーテールに見覚えがあったのもあり、ピンときた。これってもしかして、夏美さんだろうか。

「えっと」

聞いてもいいのかわからなかったけど、自然と声が漏れていた。

「相楽くんと、誰？」

「俺の双子の兄貴の奏と、幼なじみ」

「え、双子……!?　この女の子はさっき昇降口で会った夏美さん、かな？」

「どっちも、うん」

そっか、彼女は幼なじみだったんだ……。

知らなかったなぁ、って、当然かぁ。

私は相楽くんのことを何も知らない。

「いいなぁ、双子。私、一人っ子だから羨《うらや》ましいよ。同じ高校？　でも見たことないなあ」

相楽くんが双子だってこと自体、噂になったりもしていない。

普通これだけ目立つ人だったら、誰かしら噂をしてもいいと思うのに。

「…………」

黙ってしまった相楽くんを見て、まずいと思った。

何か訳ありなのって、双子のお兄さんのことだったりするのかな。

「……桜田と同じ病院に入院してる」

頭で色々考えていると、囁《ささや》くほどの小さな声で相楽くんがつぶやいた。

私と同じ病院……。

ふと、病室の前に立っていた相楽くんの背中が頭に浮かんだ。

あの日、相楽くんはお兄さんのお見舞いにきていたということ……？

暗い影が落ちて、静けさが漂う。

きっと聞いてはいけないことだったに違いない。

でも話してくれていることを思うと、誰かに聞いてほしいのかもしれない。

「病気、とか？」

「いや……事故で意識がない状態」

「え……？」

事故……？

まさか、そんなっ。

「この春休み中に俺をかばって交通事故に遭ってから、意識不明になった」

うつむきながら話す相楽くんの表情はわからない。

でも、胸がギュッと締め付けられるほどか細い声だった。

お兄さんが相楽くんをかばって事故に遭った。

身内が、ましてや自分の双子の兄がそんなことになったら、私だったら耐えられない。

きっと相楽くんもつらいんだ……。

心を閉ざして他人を拒絶してたのは、そのことが背景にあったからなのかな。

もしかすると相楽くんは、今でも自分を責め続けているのかもしれない。

「あの、つらいと思うけど元気出してね、って、こんなことしか言えなくてごめん」

「別につらくなんかねーよ。この通り元気だしな」

フッと笑う顔はどこか投げやりで、塞ぎ込んでいるように見える。

今もまだ苦しくてもがいているんだ。

でも他に言葉が浮かばない。なんて言えばいいのか、この時ほど困ったことはない。

当たり障りないことしか言えない自分が情けなくて、無力だと思った。

「早く目覚めるといいね」

「…………」

返事はなかったけれど、それでいい。

他人の私が容易に口を出していい問題じゃない。

「夏美さんって、キャンプの時から思ってたけど、可愛いよね」

暗くなってしまった雰囲気を変えたくて別の話題を振る。

ああ、でも、もっと違うことにすればよかった。

ここで頷かれたら、正直へコんでしまいそう。

「べつに。普通だろ」

「うわ、やだ、面食い」

「はぁ？」

「だってこんなに可愛いのに」

それに相楽くんとお似合いだ。

「変なこと言ってんじゃねーよ」

グーで頭を軽く小突かれる。

「さては照れてる？」

私はからかうように相楽くんに向かって笑顔を向ける。

するとじとっと睨《にら》まれてしまった。

でもその目は本気で怒ってはいなくて、冷たさも感じない。

「バーカ……」

相楽くんはそう言ってそっぽを向いてしまい、その後からは何を言っても短い返事しかしてくれなくなった。


「すごく心配したんだからね？」

帰宅した私にこんこんとお母さんからのお説教が飛んでくる。

ご飯を食べる私に向かってかれこれ三十分以上、いかに心配したかという話が止まらない。

「もう高校生なんだから好きにさせてよ」

「すみれは普通の子とは違うの」

いくら私がそう言っても、お母さんは認めてくれない。

病気の私はいつだって、お母さんの中で特別扱いだ。

高校生にもなって、いちいち親に干渉されたくない。

「やっぱり学校が終わったら毎日迎えに行くわ」

「いいよ、そんなの。調子が悪い時だけ連絡するから」

「それなら学校が終わったら寄り道しないでまっすぐ帰ってくること。いい？」

お母さんは過保護で心配性。

いつまでも私を小学校低学年くらいだと思ってる。

「私、本当に大丈夫だよ？　そりゃ少しは遅くなることだってあるかもだけど、ちゃんと連絡するから」

「それでも、すみれが帰ってくるまでお母さんは安心できないのよ。早く帰って、元気に笑う顔を見せてほしいの」

元気な顔……。

私はずっとお母さんを安心させるために笑ってなきゃいけないの？

お母さんにとって、それが元気な証拠なんだよね？

私だって笑いたくない時くらいあるよ。

お母さんを安心させるためだけに生きてるわけじゃない。

口にできない代わりに拳をグッと強く握った。

翌朝、登校して廊下を歩いていると、四組の教室からいきなり人が飛び出してきた。

「ねぇねぇ」

「わっ」

声をかけられて思わず後ずさる。

び、びっくりした……。

「昨日、潤と一緒にいたよね？」

バスケ部のマネージャーで相楽くんの幼なじみの夏美さんが、

「あ、いきなり声かけてごめんね」

ポカンとする私を見て屈託のない顔で笑った。

明るくて可愛くて、太陽みたいな子だなぁ。

「いえ、全然大丈夫です！」

「あはは、やだー、敬語はいらないって。あ、あたしのことは夏美って呼んでね」

「あ、うん」

すぐに打ち解け、下の名前で呼ぶことになった。

不思議と嫌な感じはしなくて、むしろフレンドリーで親しみやすい。

だから私もついつい頷いてしまった。

夏美は近くで見ると色白で細くて、長いポニーテールがよく似合っていた。

おまけにすごく可愛くて、すれ違う男の子たちがチラチラと夏美を見て意識しているようだった。

「ちょっとこっちきて」

夏美は私の腕を取り、人気のない廊下の隅へと連れて行く。

そしてコソッと耳打ちしてきた。

「潤と仲良いの？」

「へっ？」

「昨日一緒にいたし、すごくいい感じに見えたから」

そっか、私のことを気にしてるんだ……。

いい感じ……。

「そんなことないよ。交流キャンプの実行委員が一緒だっただけだから」

「なんだ、そっかぁ……！」

夏美は不安気な顔から、花が咲いたような笑顔になった。

「居ても立ってもいられなくて思わず声かけちゃった。だって潤ったら何も教えてくれないんだもん」

プクッと頬を膨らませる顔までが可愛い。

こんなに可愛いのに、相楽くんは『普通』だなんて言っちゃって、あれは照れ隠しだったのかなぁ。

二人の関係は幼なじみだって聞いたけど、それ以上の何かがありそうな気がする。

それを夏美に聞けるほど、まだ心の準備ができてない。

「ごめんね、本当に。よかったらこれを機に仲良くしてもらえたら嬉しいな！」

清々《すがすが》しいくらいはっきりした性格の夏美。

夏美の笑顔や言葉はまっすぐで、うそがないように見えた。

「うん、こちらこそっ！　私のことはすみれって呼んでね」

「よーし、早速連絡先交換しようよ！」

「うん！」

私たちはお互いに連絡先を教え合い、それから毎日のようにやり取りをするようになった。好きなテレビ番組や食べ物から、学校の最寄り駅の路地裏のレトロなカフェの話までなんでもした。

夏美とは気が合い、さらには好きなものやアイドルが一緒でかなり盛り上がった。


『例のカフェなんだけど、急遽《きゅうきょ》部活が休みになったから今日の放課後に行ってみない？』

四月も末の連休前のある日の放課後、夏美に誘われカフェに行くことになった。

『放課後は寄り道せずに帰ってくること』

お母さんに言われた言葉が一瞬頭をよぎったけど、夏美とカフェに行きたい気持ちの方が強かった。

遅くならなきゃいいよね、私だって自由がほしいんだもん。

人に聞かなきゃわからないような狭い駅の路地裏に、そのカフェはあった。

「いらっしゃいませ」

蝶《ちょう》ネクタイ姿の店員さんが私たちを笑顔で出迎えてくれた。

歩くと床がギーギー鳴る古い木造の一階建てで、扉を開けた瞬間、挽《ひ》きたてのコーヒー豆のいい匂いが漂ってきた。

カフェというよりも喫茶店と表現する方がしっくりくる。それに置いてある小物も家具も、レトロな店内の雰囲気にピッタリだ。

カウンター席が五席とテーブルが三卓。

私たちはテーブルを選んで向かい合わせに座った。

そこまで広くはないけど、テーブルからテーブルの間隔が広いから窮屈さは感じない。

お客さんも私たち以外にはいなかった。

「すごい、鳩時計だ！」

夏美が歓喜の声を上げる。

お父さんが古い物を集めるコレクターだとかで、自然と夏美も興味を持ち始めたらしい。

「ほんとだ、初めて見た！」

「ふふ、招き猫の置物も可愛い」

見る物すべてを愛《いと》おしそうに眺める夏美。

私はそんな夏美を見て、楽しい気持ちになった。

コーヒーのカフェインが心臓に悪いので、ミックスジュースを注文し、待つ間しばしおしゃべりタイム。

「あたし、将来保育士になりたいんだよね。子どもって可愛いじゃん？　下に弟や妹がいないから、余計にそう思うんだ。それに体力だけには自信があるから、遊びにもとことん付き合えるしね」

「ふふ、いいね、夏美に似合ってるよ」

明るくて話上手だし、優しい夏美にピッタリな職業だ。夢を語る夏美はいきいきしていて、笑顔がとても眩しかった。

私には訪れないかもしれない未来の話をする夏美のことが羨ましい。どうして私には『普通』の未来がないんだろう。病気じゃなければ『看護師になりたいんだ』って、躊躇うことなく夏美に打ち明けるのに。

そんな中で夏美がいきなり切り出した。

「気づいてると思うけど、あたし、潤が好きなんだよね」

これまで連絡を取り合う中、色んな話をしてきたけど、相楽くんのことが話題にのぼることはなかった。

きっかけがなかったといえばそうだけど、私は無意識に相楽くんの話題を避けていたのかもしれない。

「すみれは好きな人いる？」

「わ、私……？」

好きな人……。

「私はいない、かな」

「え、そうなの？」

「う、うん」

だって恋なんて私とは無縁だし、いまいちどんなものなのかがわからない。

それなのに、ほんの一瞬、相楽くんの顔が頭をよぎった。

だけど違うよ、好きってわけじゃない。

ただ一番近い異性だから気になるだけ。

大きくブンブン首を横に振って、頭に浮かんだ相楽くんの顔を打ち消す。

すると夏美に笑われてしまった。

「その反応、いるってことでいいんだよね？」

「ち、違うよ、違うから」

「素直じゃないなぁ」

クスクスと笑われ、言葉に詰まる。

こんなんじゃいるって言ってるようなもんだよね。

相楽くんとは海に行った日以来、実行委員という繋がりもなくなって、気付けば元通りの日常に戻っていた。

教室で顔を合わせても挨拶を交わすくらいで、特別親しいわけでもない。

「夏美は相楽くんと仲いいんだよね？」

「そう、だね」

わかりやすいくらい一瞬にして夏美の顔が曇った。

「奏……あ、潤の双子の兄なんだけど、聞いてるかな？」

「詳しくは知らないけど、事故に遭って意識不明だってことは聞いたよ」

そう伝えると、夏美は顔を伏せてうつむいた。

「事故以来、潤は変わっちゃったんだ。心を閉ざして殻にこもっているみたいになったの」

「…………」

「前はね、無愛想ながらもよく笑うし、イジワルだけど、でも友達も多くて、バスケ命で……プロのバスケット選手になりたいって、そう言ってたんだよね」

私の知らない相楽くんがそこにいた。

「でも今はまるで別人みたい……あんなにバスケが好きだったのに。奏と潤は誰もが認めるくらい仲良かったから、あんなことになってショックなのはわかるんだけど」

涙交じりになっていく夏美の声を聞いて、痛いほどに胸が締め付けられる。

「どうにかして前の潤に戻ってほしいんだ。すぐには無理かもしれないんだけど、あたしは諦めない」

顔を上げた夏美の瞳には強い意志が宿っているように見えた。

それほど相楽くんのことを大事に思っている証拠。

「絶対に前の潤が戻ってくるって信じてる」

うんうんと相槌《あいづち》を打ちながら、夏美の話を聞いていた。

相楽くんが苦しんでいるとしたら、それをどうにかできるのは夏美だ。

「私にも何か手伝えることがあったら言ってね」

「ほんと？」

「もちろんだよ」

複雑だけどその思いは本心で、私は無理やり口角を持ち上げた。

「ありがとう！」

純粋で素直で可愛くて、こんな完璧な子、他にいない。

「あ、潤との仲も応援してもらえたら嬉しいな」

胸が痛いことに気付かないフリをしながら、私は大きく頷いた。

第三章　～五月雨の憂うつ～

五月に入り、ゴールデンウィークが終わった。

今年は快晴続きで過ごしやすい気候だったため、レジャー施設が多くの人で賑わい、高速道路の渋滞も例年以上にすごかったとニュースで言っていた。

うちではお母さんが人混みが苦手だということもあって、ゴールデンウィークは家で大人しく過ごすのが恒例だ。

「いってらっしゃい、気をつけてね」

「わかってるよ、行ってきまーす」

「具合が悪くなったらすぐに連絡するのよ？　少しでも変だと思ったら先生に言いなさい」

お母さんの心配する声を背にしながら家を出る。

長期連休後の登校日だということもあり、体内リズムがまだ戻っていないような気がする。家でダラダラしすぎたせいか、確実に体力も落ちているだろう。

お母さんはそれを心配し、これまで以上に過保護だった。休み感が抜けていない気はするけれど、自分が病気だということを忘れてしまいそうなくらい体調はいい。

いつものバス停からバスに乗って駅に到着すると、次は電車で、そして徒歩。

新緑がきれいな並木道を直進すると学校だ。

入学式から一カ月も経つと、すっかりこのルーティンにも慣れた。

制服もだんだん肌に馴染んできたように思う。

「いい天気だなぁ」

このまま何事もなく元気に学校生活が送れたらいいのに。

そしたら引っ越さなくてよくなって、住み慣れた町を離れずに済む。

転校だってしなくていいんだ。

相楽くんとも一緒にいられる……。

学校が近付くにつれて、同じ制服を着た生徒たちの姿が増えてきた。

でもこの中に相楽くんはいない。

相楽くんはいつも始業ギリギリにくるから、朝の通学路で会ったことはない。

いない理由がわかるのはそれだけじゃなくて、雰囲気というか、直感だ。

相楽くんが飛び抜けて目立つからっていうのも、もちろんあるけれど、不思議なことに私の中のセンサーが働くのだ。

私、また相楽くんのことを考えてる。

やめよやめよ、本当に意識しているみたいなんだもん。

意識をポイッと遠くへ放り投げるようにして、頭の片隅に追いやった。

「ねぇねぇ、聞いた？」

「うん、びっくりだよね！」

教室に着くと、いつもと違う空気を感じた。

普段あまりつるまないグループ同士の子たちが輪になって、何やらヒソヒソ言っている。

「ホント信じらんない」

「でもさ、相楽くんが人を遠ざける理由がわかった気がしない？」

「言えてるー！」

「ミステリアスな部分が多かったけど、話聞いて納得って感じ」

話題の中心が相楽くんだということを知った私の足が、自然と止まる。

話の流れからして、いい話題じゃないのは一目瞭然《りょうぜん》だった。

「あ、桜田さん、おはよう」

これが相楽くんじゃなくて別の人のことだったら、きっとそこまで気にならなかった。

「何かあったの？」

相楽くんだから……居ても立ってもいられなかったんだ。

「なんかね、相楽くんの変な噂が広まってて」

篠崎《しのざき》さんは一度周囲に目配せした後コソッと私に耳打ちした。

変な噂……？

嫌な予感しかしなくて、心臓がバクバク大きな音を立てる。

「誰が言い出したのか定かじゃないんだけど、相楽くんって双子らしいのね。で、この春休みに双子のお兄さんが相楽くんをかばって事故に遭ったらしいの。それで、意識不明で入院してるんだって」

直接本人に聞いたから私もそこまでは知っている。

それだけ聞くと別に噂になるようなことではないと思うんだけど……。

篠崎さんはさらに私に顔を近付けた。

そしてここからが本番だとでも言うように、さっきよりも神妙な面持ちで続ける。

「なんかね、お兄さんの方は何でもできる秀才タイプだったみたい。成績は常に学年トップ。運動神経も良くて、明るくて面倒見がいいから友達も多かったみたいで、中学の時は生徒会長もしてて目立ってたって。相楽くんはバスケ部に所属してたらしいんだけど、勉強はいまいちだったみたいで。なんでもこなす片割れに嫉妬《しっと》してたって話」

嫉妬……。

完璧な双子のお兄さんと比べられながら育ったんだとしたら、その気持ちもわからなくはない。

だけど本人に聞いたわけじゃないのに勝手な憶測でそんな噂が出回るなんて。

「それでね、双子のお兄さんが相楽くんをかばって事故に遭ったっていう話はうそなんじゃないかって」

「どういう、意味？」

「実際はお兄さんに嫉妬してた相楽くんが、お兄さんの背中を押して事故に遭わせたんじゃないかって、もっぱらの噂になってるの。それに運転してた人が二人は揉《も》み合っているように見えたって証言してるみたい。人通りが少ない道路で他にはっきりとした目撃者もいないから、本当のところはわからないみたいなんだけど。でもさ、顔もそっくりだし誰がどっちかなんて見分けがつかないよね？」

「なに、それっ」

よく勝手にそんなことが……。

無意識に握っていた拳が震える。

みんなそんな真実かどうかもわからないような話で朝からヒソヒソ言ってたの？

「もしそれが本当だったとしたら、めちゃくちゃ怖くない？　相楽くんって無愛想で何考えてるかわからないし、案外噂は本当かも……」

「ありえないよっ！」

我慢ができなくて、気付けば大声を出していた。

だってまさか、相楽くんがそんなことをするはずがない。

少なくともこの前の海での様子を見ている限りじゃありえないよ。

相楽くんだって、自分がいないところでこんなことを言われるのは不本意極まりないはず。

気付けば篠崎さんはポカーンと大口を開けて私を見ていた。

篠崎さんだけではなく、みんなの視線が私に向いている。

し、しまった！

つい感情的になって、自分じゃコントロールできなかった。

「あの、えーっと……だからさ、あんまり人のことを言わない方がいいんじゃないかな？って」

「じゃあ桜田さんは気にならないの？」

「私は……誰だって自分がいないところでこんな風に言われたら嫌だと思うから噂話はあまりしたくない、かな。それに……」

私がそう言いかけた時、教室内がざわついた。

その原因が相楽くんが登校してきたからだということが、すぐにわかった。

いつもならみんなをスルーして席に向かうのに、相楽くんは教室のドアのところで静かに立っている。

まさか、話を聞いていた……？

どうやら他の人の考えも同じだったらしく、だんだんとみんなの表情が強張《こわば》っていく。

緊張感が漂う中、相楽くんは私を見た。

「声、でかすぎ」

「え……？」

もしかして、聞かれてた？

みんな気まずそうに顔を伏せながら、蜘蛛《くも》の子を散らすようにしてこの場を離れて行く。

そんなクラスメイトたちには目もくれず、相楽くんはこっちに向かって歩いてきた。

というよりも、席が前後だから席に向かってきたと言う方が正しい。

私のそばを通り過ぎようとする時、いきなり視線を合わせてきた。

すべてを見透かすようなキリッとした瞳に胸がドキッと高鳴る。

見つめられると心が吸い寄せられて目が離せなくなってしまうんだ。

「おせっかいだよな、相変わらず」

相楽くんは私だけに聞こえるような声でつぶやいた。

「わ、私？」

「桜田しかいないだろ」

「で、ですよね」

しれっと言われてしまい、愛想笑いしか返せない。

やっぱり話を聞かれていたのかも……。

だとしたら、どう思ったかな。

傷ついたよね、こんなことが噂になってるだなんて知って。

「あ、あの」

「大丈夫だから」

先に先手を打たれてしまい、私はそれ以上何も言えなくなった。

でも、これだけは伝えたい。

「私は信じてないからね」

噂なんてたいていは尾ひれが付いて話が大きくなりすぎるもの。

ただでさえ傷ついている相楽くんのことをそんな風に噂するなんて、いくらなんでも許せない。

それに相楽くんがそんなことするはずないじゃん。

まったくのでたらめだよ。

相楽くんはしばらく私を見つめた後、何も言わずに席に着いた。


すぐにデマだとわかるだろうと思っていた噂は、三日もすればあっという間に広がって、他のクラスのみならず学校中の生徒たちの耳にまで入ったようだった。

どうやら誰かの裏アカウントのＳＮＳで拡散されているらしい。

「なぁ相楽、あの噂って本当なのか？」

クラスの男子がわざわざ相楽くんの席までやってきて興味本位で声をかけた。

「噂って？」

相楽くんはしれっとそんな風に聞き返す。

「え、いや、あの、だからさ、ほらあれだよ」

いくら興味本位だとはいえ、本人を前にしてはっきり内容を口にできないらしい。

「はっきり言ってくんないとわかんないんだけど」

「……っ」

私はそんな光景をハラハラしながら見つめる。

きっと相楽くんは知っている。

三日前、みんなが教室で噂していたのを聞いていたはずだから。

でもあくまでも噂の内容については知らないスタンスを貫くらしい。

周りの人も聞き耳を立てているのか、相楽くんの方をチラチラ気にしている。

ちゃんと違うって言えばいいのに。

そうすれば誤解はとけるのに。

真実かどうかわからないから、みんなが噂するんだよ。

こんな風に悪目立ちすることに私は内心モヤモヤしていた。

彼がみんなにそんな人だと思われることが、本人以上に私が悔しかったんだと思う。

「おい、なにくだらないこと言ってるんだよ。噂なんてデマに決まってるだろ。な、潤！」

登校してきた生田くんが間に入る。

相楽くんは否定も肯定もせず、ただ黙って机に突っ伏した。

話しかけるなとその背中が語っている。

教室内が変な空気に包まれて、誰も何も言おうとしない。

「あ、瑞希ちゃん、おはよう！」

朝練を終えた瑞希ちゃんが教室に入ってきたのを見つけて、私は大きく手を振った。

「すみれ、おはよう」

キョロキョロあたりを見回して変な空気を肌で感じ取っていたらしい瑞希ちゃんだったけど、笑顔で手を挙げてくれた。

「今日一時間目から数学なんてやだよね！　あ、私、今日当たる日じゃん！　予習してないよー！」

「ふふ、焦ってるすみれも可愛いなぁ。あたしのノート見せてあげる」

「ありがとう！」

瑞希ちゃんに笑顔を返す。

「やべ、今日俺も当たるんだよね」

「あたしも……」

あちこちから声がして次第に教室にはいつものざわめきが戻ってきた。それを見て私はホッと胸を撫《な》で下ろす。

でも相楽くんは授業が始まるまで顔を上げることはなかった。

今何を考えているんだろう。

どう思っているのかな。

相楽くんは表情にほとんど出ないからわかりにくいけど、事故のことで今も苦しんでいる。

あの日つらそうに話してくれた相楽くんの姿に、うそ偽りはないと思いたい。

「……おい！」

突然、意識が現実へと引き寄せられた。

振り返った相楽くんが、私の顔の前で手のひらを左右に振っている。

「へっ……!?　な、なに？」

「何って、授業中。当たってんぞ」

「う、うそっ……！」

まずい、全然集中できていなかった。

背中に冷や汗が流れる感覚がする。

「桜田ー、授業中にぼんやりしてるとは、ずいぶん余裕なんだなぁ」

怖いと有名な数学の先生が眉を吊《つ》り上げる。

「す、すみませんっ」

みんなもこっちを見ているし、注目を浴びてしまってすごく恥ずかしい。

でも当たることを予測して事前に予習しておいたから、答えはわかってる。

ありがとう、瑞希ちゃん……！

「お前に当てようと思っていた問題だが、最後の問六に変更する。それだけ余裕だったなら、当然できてるよな？　もちろん答えだけじゃなくて途中式も含めて解答しろよ。ほら、前に出てこい」

「えっ⁉」
自分が当たるところしかきちんとやっていなかった私は、そう言われて大パニック。
他の教科はそれなりにできるけど数学は大の苦手。
高校生になってからというもの、なんとか勉強についていけてるような状況だ。
それにこんなに難しい問題、わかるわけないじゃん。
「どうしたー？　早くしろ」
そ、そんな。
どうしよう、わからなくても、とりあえず前に出た方がいいのかな。
これ以上私のせいで授業時間が削られるのも悪い気がする。
前に出たって答えられるわけがないから恥をかくだけ。
憂うつな気持ちが押し寄せてきて、体がうまく動かない。
「早く立って前に出てこい」
私は震える足でゆっくりと立ち上がった。
だけど、どうしても最初の一歩が進まない。
足がこんなに重いなんて初めてだ。
緊張からゴクリと喉が鳴る。
こうなったら覚悟を決めるしかないのかもしれない。
そう思い、歩き出そうとした時だった。

ガタッと椅子が引かれる大きな音が教室内に響き渡った。

前の席の相楽くんが立ち上がり、スタスタと黒板の前まで移動し、無言でチョークを手にし答えを書き始めた。

「え、ちょ、これってありなの？」

「いいんじゃない？　見世物みたいでかわいそうだったし」

ヒソヒソとみんなの話す声がする。

手を休めることなく黒板に向かう相楽くんの背中から目が離せない。

「おい相楽、何をしている？」

先生の声をスルーして、相楽くんは黒板に書き続けた。

私はもちろん、みんなが固唾《かたず》を呑《の》んでその光景を眺める。

まるで教科書に出てくる例題みたいなきれいな数字の羅列が、どんどん黒板に綴られていく。

相楽くんって、案外字がきれいなんだ。

よく見てみると、数字の『6』が一つだけデジタル時計みたいに角ばっていた。

他は普通なのに一つだけそうだから逆に目立つ。

こんな状況なのに、なんだかおかしくて笑ってしまった。

「す、すげぇ。あいつ、こんなに……」

そうつぶやいたのは生田くんで、信じられないものでも見ているかのようだった。

難問をスラスラ解く姿に教室中が騒然とする。

「できましたけど、これでいいっすか？」

手が止まったかと思うと、相楽くんは先生を振り返る。

「誰もお前に解けなんて言っていないだろ」

「わからなくて困ってるやつよりも、わかるやつがやればいいんじゃないですか」

「それは……まぁ、そうだが」

相楽くんの物怖《ものお》じしないはっきりとした態度に先生が押されている。渋々といった様子で先生が黒板に目をやった。

「……正解だ。席に戻れ」

相楽くんはきた時と同じようにしてスタスタと席へ戻る。お礼を伝える間もなく授業が再開されてしまった。

相楽くんは休み時間のたびに教室を出てどこかに行ってしまい、話しかけるタイミングを失っていたのだけれど、昼休みに入ったところで私は相楽くんを追いかけようと思い切って教室を出た。

「相楽くん！」

一階の教室を出て階段を上っている相楽くんの後ろ姿を見つけて声をかける。

「なんか用？」

「あ、うん、えーっと、一緒にお昼いいかな？」

持ってきたランチバッグを目の前に掲げる。

すると相楽くんは眉をひそめた。

「あのね、一人で寂しいかなと思って」

とっさに思いついた言い訳だったけど、変な顔はされなかった。

でもいい顔もされなくて、相楽くんは私からスッと目をそらすと再び階段を上り出した。

ここはひと目につくせいか、相楽くんをチラチラ見てはヒソヒソ言っているような声が聞こえる。

「来ないのかよ?」

躊躇《ちゅうちょ》していると相楽くんが振り返り私にそう言った。

「い、行く!」

四階まで階段を上り、相楽くんは渡り廊下を進む。ここまでくると他の生徒の姿はほとんど見えなくなった。

四角形の校舎から向かいの校舎までを繋ぐ渡り廊下の先には図書室や美術室、そして資材室がある。

「ねぇ、どこまで行くの?」

「人が来ない空き教室」

「へえ、そんな教室があるんだ?」

「使われなくなった教室っぽい」

その教室は校舎の一番奥の資材室の隣にあった。

中はカーテンが引かれて薄暗く、手入れがされていないせいなのか少し埃《ほこり》っぽい。

窓際に一つだけ机が置かれていた。

相楽くんは教卓の前の段差になった部分に腰かけて菓子パンの袋を開けている。

私は相楽くんから少し離れた場所に座った。

「さっきはありがとう」

私が言うと相楽くんが振り向き、首をかしげる。

「数学の時、助けてくれたでしょ？」

「別に……やり方が気に入らなかっただけ」

「でも、ありがとう」

相楽くんがいなかったらみんなの前で何を言われていたか想像するだけで怖いから、すごくありがたかった。

「それで、他には？」

「え？」

今度は私が首をかしげる番だ。

「他にも俺に言いたいことがあるんじゃねーの？」

図星を指されて言葉に詰まる。

だけどそう言われてしまっては、言わないわけにいかなかった。

「あのね、噂のことなんだけど、違うんだったら違うって言った方がいいと思うんだ。今のままだとみんなに勘違いされたままだし、否定しなきゃどんどん話が膨らんでいって悪循環なんじゃないかな」

「否定、ね。やだよ、面倒くさい」

「でもさ、ちゃんと言わなきゃ誤解されたままになっちゃうよ。本当は優しいのに、みんなにそんな風に思われて悔しくないの？」

私は悔しい、ものすごく。

「桜田に俺の何がわかんの？」

返ってきたのはこれまでにないくらいの冷たい声だった。

「何も知らないくせに勝手なこと言うなよ」

「それはそうだけど、でも今相楽くんが傷ついているんだってことだけはわかるよ」

「それは勝手な憶測だな」

「そんなことないよ」

「俺の考えが読めるって？」

「だいたいね、わかりやすいの。教室を出て行く時点で気にしてる証拠だよ」

「別に人にどう思われようが関係ないよ。それに噂はあながち間違ってないしな」

「えっ……？」

それって、いったい……。

相楽くんの言ってることが全然わからない。

「答えたんだから満足だろ。もう俺に構うなよな」

「あ、待ってよ、相楽くん」

相楽くんは私の声を無視して空き教室を後にする。

これ以上追いかけてもきっと突き放されるだけ。

そう思うと追いかけることができなかった。

『あながち』の意味したところをスマホで詳しく検索してみた。

『必ずしも間違っているとは言えない』

検索結果を見て胸が嫌な音を立てた。

この曖昧《あいまい》な表現をどう解釈すればいいんだろう。

相楽くんとお兄さんとの関係性も、以前の相楽くんがどんな人だったのかも、私にはまったくわからない。

何が真実で何が間違いなんだろう。

それを知りたいと思うのは、ただの好奇心なんかじゃない。

表現するのは難しいけれど、相楽くんのことをもっと知りたい。

距離が近付いたと思ってもすぐに突き放されてバリアを張られる。

そんな相楽くんの心に少しでも近付きたい。

ただの自己満足かもしれないけど、誰よりも私は相楽くんの味方でいたかった。

『死ぬまでにやりたい100のことリスト』

夜、机の引き出しに入れてあったノートを久しぶりに開いた。

まだ十個までしか書いていないノートを見て、ほとんどの願いが叶っていることに気付く。

10. もう一度、あの不思議な男の子に会えますように……!

無謀だと思っていた願いも、こうして叶っているんだからすごいよね。

書くことによって叶いやすくなるって聞いたことがあるけど、その通りなのかもしれない。

だとしたら、どれだけ無謀なことでも書いた方がいいのかな。

そしたら叶うのかな……。

11. 相楽くんの心に触れたい

12. 弱音を全部さらけ出してほしい

13. 心からの笑顔が見たい

14. もっと思ってることを言ってほしいな

15. 苦しんでほしくないよ

16. 噂なんて早く消えてしまえ

17. 平和な学校生活が送れたらいいのにね

18．いつまでも味方！
19．今度は私が恩返しする番だ
20．相楽くんのこと、どんな些細《ささい》なことでも知りたいよ
つらつらと思いの丈を書き出してみてハッとする。

やりたいことというよりも、私の願望がほとんどだ。

しかも、相楽くんのことばかり。

こんなにも気になるだなんて、特別な感情がある証拠なのかな。

それって、私は相楽くんが好きだということ？

まさか、ね。

私は考えを断ち切るように勢いよくノートを閉じると、再び引き出しに仕舞った。

三日が経過しても私の願いとは裏腹に噂は収まることなく、未だに広がりを見せている。

一度拒絶されてしまってからというもの、相楽くんとは目さえ合わなくなった。

ほとんど教室にいることがなくなり、休み時間のたびに教室を出て行っては、授業が始まるギリギリに戻ってくる。

長い付き合いの生田くんに対してでさえも、相楽くんは心を閉ざしているようだった。

「すみれって、相楽くんと仲良かったっけ？」

「へっ⁉」

唐突に瑞希ちゃんにそう言われて、マヌケな声が出てしまった。

そんな私を見て、瑞希ちゃんはお弁当のミートボールを頬張りながら小さく笑う。

「だってさ、いっつもチラチラ気にしてるっぽいんだもん」

空になった相楽くんの席に目配せをする瑞希ちゃん。

「そ、そんなことないよっ！」

「あはは、ムキになってる」

「な、なってないってば……！」

否定すればするほど、なんだか逆効果な気がする。

瑞希ちゃんはからかうような目で私を見てくるし、自分でも焦っているのが丸わかり。

「いいじゃん、隠さなくても。実行委員が一緒だったりして仲良くなったんでしょ？」

「仲良くだなんて、そんな……」

「でもまぁ、何を考えてるかわからないところはあるよね。噂のことも、キャラで損してる部分も実際あるわけだし」

「そ、それはそうかもしれないけど、瑞希ちゃん、噂を信じてるの？」

私は思わず机に手を突く。

「うーん、信じる信じないは本人の口から直接聞いたわけじゃないからホントのところはわからないよね。それ以前にあんまり興味がない、かな。それよりも、すみれが相楽くんのために声を荒らげていたことの方が興味あるよ」

ニヤリとイタズラっ子のように笑う瑞希ちゃんを見て、心臓が飛び跳ねる。

「ふふふ、またいつかはっきりしたら聞かせてね」

「だ、だから、そんなんじゃないってばぁ！」

「ふふっ」

もう瑞希ちゃんってば、本当にそんなんじゃないんだから。

だったらなんでこんなに動揺しているんだろう。

どうしてこんなにも相楽くんのことが気になるのか、自分でもわからない。

「あっ、いっけない、日直で先生に呼ばれてたんだ！」

ランチバッグにお弁当箱を仕舞った後、瑞希ちゃんが慌てた様子で立ち上がった。

「ごめん、すみれ、ちょっと行ってくるね」

「何か用事？　付き合おうか？」

「ううん、大丈夫だよ。ゆっくり食べてて！」

瑞希ちゃんは笑顔を残して私の前から足早に立ち去った。

大好きなハンバーグをフォークで突き刺して口に運ぶ。でもなんだかいつもよりも味がしない。

減塩食だからもともとが薄味なのもあるけど、それでも美味《おい》しいと思わないのは初めてだ。

「ごちそうさまでした」

食欲がなくて完食することができず、半分くらい残してしまった。

最近色んなことを考えすぎていたせいで頭がボーッとする。

ここのところ毎日のように体が重だるいのも、気のせいじゃないはず。

でも大丈夫、これくらいならまだいける。

自分の体のことは自分が一番よくわかってる。

午後からの授業は和やかな先生だし、数学みたいに頭を使うわけじゃないから座っているだけで乗り越えられる。

そう思い、お弁当箱を片付けると机の中から教科書を出して授業に備えた。

どうしよう……やっぱり保健室に行くべきだったかな。

その後悔は授業が始まると同時にやってきた。

大丈夫だと思っていたはずが、座っているだけでも動悸がしてくるほどにまで悪化していた。

先生の声なんてまったく耳に入ってこなくて、教科書をめくる指先がかすかに震える。

冷や汗が吹き出してきて額に浮かんだ。

「おい、プリント……」

「へ……？」

どうやら前からプリントが配られていたらしく、なかなか受け取らない私に、しびれを切らした相楽くんが振り返った。

「おい、真っ青だぞ」

「へ、あは、は、大丈夫」

「……何言ってんだよ、今にも倒れそうな顔してるくせに」

ガタッと椅子が引かれる音がした。

そこから意識が朦朧《もうろう》としていたから定かではないけど、私はどうやら相楽くんに保健室へと連れてこられたらしい。

「あら、目が覚めたかしら？」

すでに窓の外は真っ赤な夕陽が射していた。

蛍光灯に映える先生の白衣が眩しい。

いったいどれくらい寝てたんだろう。

「顔色がみちがえるくらいよくなってるわね」

「はい、もう大丈夫です。お騒がせしました」

ここまでの経緯をぼんやりする頭で思い出そうとしてみても、曖昧で靄《もや》がかかったみたいによく思い出せない。

「私、どうやって……」

ちゃんと保健室まで歩いて辿《たど》り着けたのかな。

相楽くんに腕を支えられていたような気はするんだけど……。

「一緒にいた男の子にお姫様抱っこされながらきたのよ、覚えてない？」

「え……？」

お姫様、抱っこ？

一瞬何を言われたのかがわからなくてポカンとする。

「そりゃあもう、すごくカッコよかったわ。現実にそんな王子様みたいなことをする男子がいるなんてね」

その光景を思い出したかのように、先生が目を細めて微笑んだ。

あの相楽くんに……お姫様、抱っこ。

頭にカーッと血がのぼる感覚がした。

やだ、うそでしょ、そんなのってありえないっ！

想像するだけで顔が赤くなっていくのが、鏡を見なくてもわかった。

な、なんでそんなことに……っ。

「彼も落ち着きながら、よく対処してくれたわ。普通目の前で倒れられたら、もっと動揺してもいいものなのに」

先生は感心してるけど、私はそれどころではなかった。次にどんな顔をして会えっていうのだろう。

「あ、そうそう。倒れてからすぐに親御さんに連絡したんだけど、たまたま遠くにいたみたいなの。でもそろそろ着く頃だと思うわ」

「ありがとう、ございます」

授業を抜けてそのままきちゃったから、帰り支度をするために一度教室に戻らなきゃ。

「カバンもさっきその子が持ってきてくれたからね」

先生がベッドのそばの台をちらりと見遣る。私もつられてそこを見ると、カバンが置かれていた。

「あの、もう帰っちゃいましたか？」

「そうね、十五分ぐらい経ってるからね。あなたのこと、とても心配してたわよ」

「そう、ですか……」

冷たく突き放されたと思ったのに、こんなことをされたら調子が狂う。

いくら無愛想に見えても困ってる人を放っておけない性格なのかな。

助けられたのはこれで三度目だ。

相楽くんの不器用な優しさを感じて、トクンと胸が高鳴った。

こんな風に意識しているのは、相楽くんが好きだから……？

きっと、ずっと前から、私は相楽くんを……好きだった。そう考えたらこの胸の高鳴りにも納得がいく。

「失礼します、桜田すみれの母です！」

パタパタとスリッパの音がしてドア越しにお母さんの声が聞こえた。

血相を変えて飛び込んでくると、先生に頭を下げてから私のもとへ。

「すみれ、大丈夫!?」

ハァハァと大きく息を切らしながら、お母さんは私の肩を両手でつかむ。

「大丈夫だよ、大げさだなぁ」

今にも泣き出しそうなお母さんに苦笑する。

お母さんは私が元気だと知ると、次第に目を潤ませた。

「よかった……本当によかった……電話があった時は、心臓が止まるかと思ったわよ」

「みんな大げさなんだよ。ちょっとしんどくなっただけなのにさっ」

「何を言ってるの、意識を失ったのよ？」

なんだ、先生から詳しく聞いているのか。

お母さんは私がどうにかなるんじゃないかと思っていたのかな。

「すみれに何かあったらって、考えるだけでも怖くて」

何かって……？

思わず口からこぼれそうになった言葉をグッと飲み込む。

代わりに口角を思いっきり引き上げた。

「でも今はこうして元気だから大丈夫だよ」

「いつもそう言うけど、お母さんは心配なのよ」

どうしても私を病人にしたいらしい。

ちゃんと『私自身』を見てほしいのに、病気しか見てないいんじゃないかなと思うほど。

私はいつもお母さんにそんな顔しかさせられない。

「さ、帰りましょ。先生、本当にありがとうございました」

保健室の先生にお礼を言って保健室を出る。

外には夕闇がおりてきて、気付けば最終下校時刻ギリギリだった。

車の後部座席に乗り込み、ぼんやりと外の景色を眺める。

するとそんな私にお母さんが言った。

「やっぱり心配だから毎日送り迎えするわね」

「大丈夫だよ」

「顔色だってまだ悪いんだから無理しちゃだめよ」

お母さんは一度言い出したら聞かない。

だから言うとおりにせざるを得ないだろう。

「過保護だなぁ」

「当然でしょう、すみれを守れるのは親であるお母さんとお父さんだけなんだから」

「そうかな……？　そんなことないと思うけど」

「え、なんて？　聞こえなかったわ」

「ううん、なんでもない」

私自身でだって自分を守れる。

そりゃちょっと無茶はするかもしれないけど、もう守られるだけの小さな子どもじゃないんだから。

翌朝、お母さんは私が出る時間に車を回してくると言い、断る隙も与えないほどの速さで駐車場へ向かった。

そこまでされたら従うしかなくて、私は大人しくお母さんの車に乗り込んだ。

昨日はぐっすり眠れたおかげか、体調は万全とは言えないけどずいぶんよくなった。それでも相楽くんへの気持ちに気づいてからは、違う意味でドキドキしているのだけれど。

「無理するんじゃないわよ？」

「うん、行ってきます」

心配顔のお母さんに送り出され、車を降りて校門をくぐる。

「あ、きたよ、ほら」

「あの子でしょ、お姫様抱っこの子って！」

廊下を歩いていたら、何やら色んなところから痛いくらいの視線を感じた。

お姫様抱っこの子……？

もしかして、昨日のことがもう広まってるの？

予感は的中し、教室でもチラチラとみんなからの好奇の視線を感じた。

「ねぇねぇ、桜田さんと相楽くんって、どういう関係なの？」

篠崎さんが近付いてきて目を輝かせる。

唐突にそんなことを聞かれて、私は反射的に眉をひそめた。

「あ、ごめんね、いきなり。相楽くんってほら、色んな噂があるじゃん？　だから気になっちゃって」

篠崎さんたちが未だに相楽くんの噂のことを言っているのは知っていた。

ただの興味本位？

それとも刺激がほしいだけ？

どちらにしろ、人のことを詮索《せんさく》しすぎるのはどうなの？

ここで私が何も答えなかったら、話を大きくしてあることないこと言われるのかな。

そんなのはうんざりだ。

「何もないよ、ただ保健室に連れてってくれただけ」

あるのは私の一方通行な想いだけ。

「へーえ、そっか。この前、桜田さんが相楽くんのことかばってるの見て、何かあるのかなって勝手に思ってたんだ。何もないなら残念だなぁ」

腫《は》れぼったい一重まぶたの目を細めて笑う篠崎さんからは、明らかに楽しんでいるのが伝わってくる。

ちょっとムッとしたけれど、基本的に平和主義の私は言い返したりはしない。

この前はどうしても我慢ができなくて自分でも無意識に言葉が出ちゃっただけ。

「でもさ、昨日の相楽くん、すっごいカッコよかったんだよ！　軽々と桜田さんのこと持ち上げてさぁ。恋愛漫画か何かの世界でしか見たことない光景だった」

今度はうっとりした表情を浮かべて両手を顔の前で合わせてギュッと握る。

「あ、あはは、そっか」

なんだかものすごく照れくさくなって、愛想笑いしか返せなかった。

「あ、すみれ、ちょっといい？」

教室のドアのところから手招きで私を呼ぶ夏美の姿が目に入った。

きっと相楽くんとのことを聞かれるんだ。

瞬時にそう察したけど、篠崎さんの時みたいに嫌な感じはしなかった。

「具合が悪かったんだって？　大丈夫なの？」

てっきり相楽くんとのことを聞かれると思っていた私は、夏美の第一声に拍子抜けしてしまう。

「倒れたって聞いてびっくりしちゃった」

夏美とはこれまでにたくさんやり取りをしたけれど、病気のことについては一切触れていない。

あえて言う必要はないかと思ったのと、知られたくない気持ちが強かった。

夏美の目に映る私は『普通』でいたかった。

「もう大丈夫だよ。それより、相楽くんとは何もないからね？　相楽くんの噂だって、私は信じてないんだからっ」

私がそう言うと、夏美は大きな目を数回瞬かせた。

「ふふ、そっか、うん」

なぜだかわからないけど、笑われてしまった。

夏美の笑顔は周りをも明るくさせるパワーがみなぎっていて、さっきまで篠崎さんに感じていたモヤモヤが一気に吹き飛んだ。

「律儀だなぁ、すみれは。わざわざありがとね」

きっと少なからず不安もあったんだろう。

ホッとしたように息を吐く夏美。

噂のこともあるし、きっと誰よりも相楽くんを心配しているはず。

「あのさ、それでちょっと提案なんだけど……」

夏美は言いにくそうに口を開いた。

「あたしとすみれと潤と、あと生田くんも誘ってダブルデートしない？」

「え？」

ダブル、デート？

「お願い！　潤ってば、あたしと二人じゃ絶対出かけてくれないんだもん。それに学校以外に外に出てないみたいだし、気分転換にもいいかなって」

「ダブルデートかぁ……」

「ね、お願い……！」

大きな瞳が潤んでいるのを見て、頷くしか選択肢がなかった。

「やった、ありがとう！」

行きたくないわけじゃないし、夏美の恋を応援していないわけでもない。

それなのに、こんなに複雑な気持ちになるのは相楽くんを好きだからなのかな。

心の中に小さな棘《とげ》が引っかかったような……そんな感覚だ。

恋をするとこんな気持ちになるものなのかな。

「潤には生田くんから声をかけてもらうね！　あたしたちがいるって知ったらきっとこないだろうから、当日まで秘密だよ？」

表情がコロコロと変わる夏美に胸がギュッと締め付けられる。

「夏美ー、ちょっといい？」

「あ、うん。じゃあね、すみれ。また連絡するから！」

友達が多い夏美は、他のクラスの子に呼ばれて笑顔で手を振りながら走って行ってしまった。

ダブルデートなんて初めてだ。夏美の応援だとしても、好きな人とデートできるなんて緊張する。

お母さん、いいって言うかな。言わなくても、もちろん行くつもりではいるんだけれど。

どんな服装で行こうかな。

半袖かなぁ、最近暑くなってきたし。

カーディガンを羽織れば問題ないよね。

複雑な気持ちよりもワクワクの方が強くて、気付けば授業中そんなことばかり考えていた。

夜、夏美から連絡がきて相楽くんが了承してくれたとのことだった。

行き先は学校の近くのショッピングモールにある映画館。

「ねぇお母さん、お願いがあるんだけど」

「あら、なぁに？」

お母さんに事情を説明する。

しばらく黙り込んだ後「お母さんの送迎付きが条件なら許してあげる。十八時に迎えに行くわね」と言われてホッと胸を撫で下ろした。

そして迎えた週末。

ドキドキそわそわしながら車を降りて、待ち合わせ場所であるショッピングモール一階の入口の正面にある時計台の下に立った。

そこを目印にして待ち合わせしている人も多く、みんなまだかまだかとあたりをキョロキョロ見回している。

私も同じように周囲をざっと見回したけど、まだ誰の姿もなかった。

あー、なんだか緊張する。

服装、変じゃないかな。

イエローとパープルの花柄のロングスカートに、白いTシャツ、そしてシースルー素材のカーディガン。

可愛いけれどきれいめにも見えるスニーカーと、ベージュの小さなリュックサックを合わせたカジュアルなスタイル。

流行《はや》りをネットで検索して、手持ちの服でコーディネートしてみたけど、どうかな。

髪型は学校の時とは違ってゆるふわな三つ編みヘア。

ちょっと気合い入れすぎかなとも思ったけど『目一杯おしゃれして、明日は思いっきり楽しもうね！』っていう夏美からのメッセージを見て覚悟が決まった。

ダブルデートという初めての経験に、昨日は緊張してなかなか寝付けなかった。

でもまさか、相楽くんが生田くんの誘いに乗るとは思わなかったなぁ。

私がいるってわかったら、どんな反応をするんだろう。

帰るとか言い出さないかな。

言いそう、相楽くんなら。

「あ……！」

時計台に向かって歩いてくる相楽くんの姿を見つけた。

黒のチノパンにグレーのシャツを着て、足元には白いスニーカーを合わせている。

靴紐の蛍光オレンジがとてもおしゃれで相楽くんによく似合っていた。

「や、やっほー！」

キョロキョロする相楽くんと目が合い、私はとっさに愛想笑いを浮かべる。

「おはよう！」

「桜田が一番乗りか」

相楽くんは驚く素振りもなく、まるで私がいるのがわかっていたような口ぶりだった。

「え、えーっと」

「健斗《けんと》に問い詰めたら、あっさり白状したけど？　夏美が言い出しっぺなんだろ？」

「いや、その、えっと」

「だいたい想像つくし、健斗が俺を誘う時って、たいてい夏美が絡んでるんだよな」

ため息まじりに相楽くんはそう言った。

なんでもお見通しっていうわけか、さすが鋭いだけはあるなぁ。

夏美が絡んでいるから、今日はきたの？

もしも夏美がいなかったら、どうだった？

「体調、すっかりよくなったみたいだな」

風が吹いて相楽くんの黒髪が揺れ、前髪の隙間からキリッとした眉と瞳が現れた。

教室だと合わない目が、まっすぐに私をとらえている。それだけでそわそわして途端に落ち着かなくなった。

「あ、あの時は本当にありがとう」

お姫様抱っこのことを思い出すと照れくさいけど、相楽くんは何事もなかったかのように翌日もこれまでと変わらない態度で私に接した。

だけど私は相楽くんが本当は優しい人だと知っている。

色んなことに無関心に見えるけど、困ってる人を見過ごせない性格なんだってことも。

目に見えることだけがすべてじゃなくて、心の奥深いところに秘めた優しさを持ってる。

きっと、相楽くんはそんな人。

その証拠に、相楽くんと一緒にいても、心が凍るほどの冷たさは感じない。

反対に心がポカポカ温かくなるんだ。

「あ、おーい、すみれー！」

「よう、待たせたな」

夏美と生田くんが揃って現れた。

「おはよう、夏美」

「おはよう、わー、すみれ可愛い！」

「な、夏美だって！」

可愛いって言葉には慣れないけど、言われると嬉しいもんだなぁ。

頑張っておしゃれしたかいがあったよ。

夏美は爽やかなグリーンのチュニックワンピースに白いジーンズ姿で、ぺたんこのサンダルとショルダーバッグを合わせたスタイル。

普段はポニーテールだけど今日はハーフアップで髪をまとめている。

もっと女の子らしいふんわりした可愛い私服を想像していた私は、イメージと違うことに驚いた。

生田くんは濃いめのジーンズに白いTシャツ姿で変に着飾ってなく、シンプルでカジュアルなコーディネート。

私以外の三人を、すれ違う女の子や男の子たちがチラチラと見つめては、頬を真っ赤に染めていく。

「わ、見て、めっちゃカッコいい！」

「ほんとだ！　女の子も可愛いし、モデルさんか何かかなぁ？」

そんな会話も聞こえてくるくらい。

夏美は学校でも人気者で可愛い上に、裏表がないオープンな性格で男女問わず好かれている。

生田くんだって普段はお調子者でバカなことばかり言ってるけど、ちゃんとしていたらそれなりにカッコいい。

そんな三人が揃うとかなり目立つので、一緒にいるとどうしても引け目を感じる。

「あれれ、潤が時間通りにきてるなんて珍しいじゃん。明日雪でも降るんじゃない？」

「うっわ、マジだ。珍しー！」

からかうように夏美が笑い、生田くんは目を丸くする。

「そんなことより映画の時間、いいのか？」

時計台の時計に目をやりながら、しれっと流す相楽くん。

「わ、ほんとだ、飲み物とか買ったりしたいから急がなきゃ！」

相楽くんの隣には自然と夏美が並んだ。

後ろから私と生田くんが追いかける。

お似合いだなぁ、二人は。

後ろ姿だけ見ても、身長のバランスも良いし、服装だって合ってる。

夏美も嬉しそうで何よりだ。

相楽くんはどうなんだろう。

「あいつのことが気になる？」

「へっ!?」

生田くんに茶化すような顔で見つめられていることに気付き、内心パニック状態になる。

「そ、そんなわけないじゃん」

「隠さなくてもいいよ、バレバレだし」

うっ……。

図星を指されて思わず目をそらしてしまった。

生田くんってば、人のこと見てないようで見てるもんなぁ。

「噂のことなんだけど、相楽くん、まだ落ち込んでるのかな？」

私は思い切って訊《たず》ねてみた。

一時は縮まったクラスメイトとの距離も、すっかり入学時の状態に逆戻りしていた。

「んー……あいつもいちいち否定しないからね。そういうの、マジでどうでもいいみたいだよ。落ち込んでるというよりも、話題にされて色々言われるのが煩わしいだけなんだと思う。まぁ、奏があんなことになったあとは元気なくて、あんなに好きだったバスケもやめたから本気で心配したけど、最近は明るくなったなって思うよ。それは桜田さんのおかげかな」

明るくなった……？

そんな風には見えないけど。

「私のおかげだなんて、そんな……」

「嬉しそうだったよ、桜田さんがかばってた時。俺、あの時近くにいたんだ」

「えっ、そうなの？　気付かなかった」

「あはは、潤しか見えてなかったんだ？」

「そ、そんなこと……っ」

言ってるうちに顔が赤くなっていくのがわかった。

それを見た生田くんはさらに目を細める。

「私なんて突き放されてばっかりだもん……」

嬉しそうだったなんて、生田くんの見間違いだよ、きっと。

「あいつももう少し愛想が良ければいいんだけど、これぱっかりはなぁ。でもさ、桜田さんのことは嫌ってないと思う」

「えっ？」

「じゃなきゃ今日きてないよ、あいつ」

「そう、なんだ……」

そう言われてちょっとドキッとしたのは秘密。

「そもそも、嫌いなやつとは目も合わせないし、不必要に関わったりしないからね。中学ん時はそれでも友達が多かったんだから不思議だよ」

ああ、もう、静まれ心臓。

どれだけ単純なんだ、私は。

映画館に到着すると、チケットを買ってから売店の列に並んだ。

休日だからなのか私たちと同じ高校生くらいのグループや、幼稚園や小学生くらいの子連れの家族の姿が多く見られる。

観るのは連続ドラマから人気が出たコメディ寄りのライトなサスペンス映画。

ドラマから追っていて、映画も観たいと思っていたからすごく楽しみだ。

劇場では相楽くんと私を真ん中に、相楽くんの隣に夏美、私の隣に生田くんの順に座った。

「楽しみだね、すみれ」

夏美が相楽くんの横からヒョイと顔を覗かせる。

「だね！」

「あ、ポップコーン食べる？」

「ううん、大丈夫だよ、ありがとう」

食べたいけれど、塩分を控えなきゃいけないからグッと我慢だ。

今日ここにこられただけでも、ありがたいことだから。

「潤は？　ポップコーン、好きだよね？」

「俺も遠慮しとく」

「映画にきたら絶対食べるくらい好きなのに？」

「今日は気分じゃないから」

「変な潤ー！」

私の知らない相楽くんを夏美は知ってる。

好きなもの、嫌いなもの、得意なこと、苦手なこと、将来の夢。

私も、もっともっと相楽くんのことが知りたい。

スカートの上に置いた拳を、無意識にギュッと握り締める。

映画に集中したら余計なことを考えなくて済む。

それでも上映中は相楽くんのことが気になって仕方なかった。

「あー、面白かった！」

「ねー、まさかあんなオチが待ってるとは。続編もありそうだよね」

映画が終わり、劇場を出たところで夏美が声を上げた。

テンポよくストーリーが進んでいき、ラストはまさかの大どんでん返しで形勢逆転。

最後まで目が離せないハラハラドキドキの展開だった。にもかかわらず、なぜだか集中できなくて、隣の相楽くんを横目に見ては前を向くという動作を何度か繰り返した。

スクリーンの明かりに照らされた相楽くんの横顔は、映画を観てもピクリとも動くことはなくて、余計に目が離せなくなってしまった。

途中何度か気付かれそうになって慌てて視線を前に戻したけど、バレてなきゃいいなぁ。

ちょうどお昼どきだったのでショッピングモールの中でランチをしようということになった。

和食の気分だけど、みんなはどうなんだろう。

「あたしパスタがいいなぁ。みんなは？」

「あ、いいね、パスタ。俺もそれに一票」

「俺は和食」

同じだ。そんな些細なことがたまらなく嬉しくて、つい頬がゆるむ。

「すみれは？　パスタがいいよね？　ね？」

「え、あ」

どうしよう、ここで和食がいいなんて言ったら空気が読めないやつだって思われるかな。

「無理強いするなよ。食べたいもの素直に言えば？」

相楽くんは夏美にピシャリと言い放って、次に私の顔を覗き込んだ。

「ごっめーん。すみれは何がいい？」

「夏美、ごめん。私も和食が食べたいかな、なんて」

「そっか、じゃあどうしよっか」

「簡単だろ。俺と桜田は和食の店に行くから、お前らはパスタ食べてこいよ。行くぞ」

相楽くんはそう言って私の腕をつかんだ。

「え、ちょ、あの」

ポカーンとする夏美と生田くんを置いて相楽くんは歩き出す。

私は引っ張られながら夏美たちと相楽くんを交互に見て、オロオロするばかり。

さ、相楽くーん、手、手が……！

ううん、それよりも。

「せっかくみんなできてるんだから、一緒じゃなくていいの？」

「それだと誰かが我慢するハメになるだろ。ふた手にわかれる方が効率いいし、我慢もしなくて済む」

「それは、そうだけど」

そういう問題じゃなくて……！

「実はパスタがよかったとか？」

「ううん、和食が食べたいけども！」

「ならいいだろ」

知らなかった、意外と合理主義だなんて。協調性とかまったくないのかな。

食べたいものが食べられるのは嬉しいけど、なんだか二人に悪いことしちゃったかも……。

それでもノーとは言えず、相楽くんに連れられて和食のお店に入った。

夏美からは『あとで合流しようね、また連絡する』とだけメッセージがきていて、どうやらパスタのお店に向かったようだ。

お店はそれほど混雑しておらず、すぐに席に案内された。相楽くんと向かい合って座り、メニューを渡される。

今ここでこうしていることがなんだか信じられない。

メニューを眺めるフリをしながら、チラチラと相楽くんを見つめる。

「なんだよ、映画の時からジロジロ見て」

「き、気付いてたの？」

カーッと体が熱くなっていく。

まさかバレていたなんて。

「あんなあからさまにされたら、誰だって気付くと思うけど」

「あ、あはは、別にね、なんでもないんだけどさ」

あーもう、私のバカバカ。

恥ずかしすぎて穴があったら入りたい。

「なに赤くなってんだよ」

「ななな、なってない……っ！」

大きな声でかんでしまった。

これじゃあ焦っているのがバレバレだ。

「わかりやすっ」

相楽くんはそう言って口元をゆるめた。

久しぶりに見る笑顔にドキッとして、目がそらせない。

こんなにも大きく胸が高鳴るなんて、絶対変だよ、何かがおかしい。

二人きりだと動揺しちゃって落ち着かない。

やっぱり私もパスタにすればよかったかな。

だけど二人きりになれて嬉しいと感じてる私もどこかにいる。

なんなんだろう、自分のことがよくわからない。

相楽くんと向かい合って食べた焼きサバ定食の味はもっとわからなくて、咀嚼《そしゃく》して呑み込むことだけで精いっぱいだった。

ランチが終わった後は二人と合流して各フロアをぶらぶらした。

お店の中を隅々まで見ていたら、ワンフロア全部回るのに時間がかかって気付けばもう夕方だった。

雑貨屋さんで夏美とおそろいのシャーペンを買って、スポーツ用品店では生田くんがドリンクの粉を買っていた。

たくさん歩いたにもかかわらず、相楽くんはみんなが行きたいお店に最後まで付き合ってくれた。

ふぅ、疲れた。そろそろどこかで一休みしたい。歩きっぱなしでさすがに疲れた。

「ねぇねぇ、次は屋上にある観覧車に乗ろうよ」

「いいねいいね、俺も一回乗ってみたかったんだよー！」

終始元気でテンションの高い生田くんが夏美の提案に賛成する。

「潤はどう？」

「俺はどっちでも」

「よし、じゃあ乗ろう。すみれは？」

夏美は無理強いしてこなかったけど、懇願するような瞳で私を見つめる。

『お願い、協力して……！』

そう言われている気がした。

ここで私が休みたいと言ったら空気を壊しちゃうかな。

夏美のこと、応援するって言ったもんね。

「うん、いいよ」

もう少しくらいなら頑張れる。

「やった、じゃあ並びに行こっ」

屋上に出ると今にも雨が降り出しそうな空模様で、まだ夕方だというのに薄暗かった。

こんな中で観覧車に乗る人なんているのかな。

それほど混雑していないと思っていたけど甘かった。

観覧車待ちの長蛇の列を見て驚愕《きょうがく》する。

「三十分待ちだって。もちろん並ぶよね？」

「ああ、せっかくだし」

乗る気満々で最後尾に並ぶ夏美と生田くんの後を追いかける。

なんでもこの観覧車のウリは全面シースルーになっていて、足元から景色が見えるってことらしい。

普通の観覧車もあってシースルーのものと交互にくるため、どちらかを選択できるようになっているとはいっても、ほとんどの人がシースルーの観覧車を選んでいた。

シースルーって、下が丸見えなんだよね？

それってちょっと怖いなぁ。

高いところが苦手なわけじゃないけど、なんとなく気が引ける。

でもそんなこと言えない。言えるわけがない。

みんな楽しみにしてるんだから。

ふと気付くと相楽くんがまっすぐにこっちを見ていた。

目が合い、ドキッとする。

なんだろう。

「疲れたから俺ら二人でちょっと抜けるわ」

ランチの時と同じように相楽くんが私の手を取った。

そして並んでいた場所から逆走して列を外れる。

「あ、あの」

まずい、これは本格的にまずい。

応援するつもりが台無しだよ。

ちらりと後ろを振り返ると、夏美が眉を下げ、今にも泣き出しそうな顔で私たちを見ていることに気が付いた。

「あの、相楽くん……戻った方が」

「無理してるってバレバレだから」

「え……あ」

もしかして、私を気遣って？

「無理すると授業の時みたいにまた倒れるぞ」

近くのベンチまでくると、相楽くんは足を止めてそこに私を座らせた。

「ちょっと待ってて」と言い残し、この場を離れたかと思うと、しばらくしてミネラルウオーターを手に戻ってきた。

「ほら」

「あ、ありがとう」

ペットボトルを受け取る時、不意に指先が触れた。

その瞬間、心臓がキュンと音を立てた。

私の心臓は相楽くんにだけ特別な反応をするみたい。

戻りたくないなぁ、もう少しこのまま二人でいたい。二人きりになれて、嬉しいと思っている私がいる。

夏美を応援するって決めたのに、私って、最低……。

何を話すわけでもないけど、相楽くんといる空間はびっくりするほど居心地がいい。

「いきなり二人で抜けるんだもん。あたしたちも乗るのやめちゃった」

少ししてから夏美から電話があって、どこにいるか聞かれた。

近くのベンチだと伝えると、すぐにやってきて合流した。

夏美に合わせる顔がない。

「なんですみれを連れてっちゃったの？」

「別に、ただなんとなく」

「もー……、気まぐれなんだから」

「あ、あのね、私の体調を気遣ってくれたんだ」

誤解されたくなくて、私は夏美に打ち明けた。

「え、そうだったの？　大丈夫？　気付かなくてごめんね」

心配顔になる夏美に罪悪感が募っていく。

「座ったら回復したよ。ごめんね」

「ううん、あたしこそ無理させてごめん」

謝られると余計に罪悪感が強くなる。

「この後どうする？」

休憩を終え、十八時になりそうなところで、夏美が言った。

「私はそろそろ帰るね」

このタイミングでちょうどお母さんからショッピングモールの駐車場に着いたとメッセージがあった。

「俺もこれからバスケ部仲間とメシ行くから」

「潤は？　もしよかったら二人でお茶しない？」

「まぁ、少しくらいなら」

夏美の横顔がパアッと華やぐ。

恋する女の子の顔だ。

よかった、夏美が嬉しそうで。

これでいいんだよね、これで。

胸が苦しいことに、気付かないフリをする。

みんなショッピングモールを出るということで、待ち合わせした一階の正面入口へ向かった。

「すみれ！」

そこにはお母さんが立っていた。

私を見つけるなり走り寄ってきて、安堵《あんど》の笑みを浮かべる。

「遅いから心配になって捜しに来ちゃったわ」

やめてよ、みんなの前でそんなこと言うの……。遅いといっても十分くらいのことなのに。

せっかく楽しかったのに、お母さんのせいで台無しにされた気分。

「あら、すみれのお友達？　初めまして、すみれの母です。今日はありがとうね」

「もうお母さん、早く帰ろ。みんな、ごめんね」

「本当に……ありがとうね。これからもすみれのことをよろしくお願いします」

深々と頭を下げるお母さんを見て、ギョッとする。

いくらなんでも、もう高校生なのに……。

いつまでも過保護でいてほしくないよ。

お調子者の生田くんが「いえいえ」と愛想よく返事をしてくれたからよかったものの……。

「ご、ごめんね」

私はみんなに手を振ると、お母さんの手を引いて駐車場へと移動した。

なんでかな、楽しかったはずなのに、夏美と相楽くんが二人でいる姿が頭に浮かんでため息が出た。

「どうしたの？　やっぱり疲れちゃった？」

ルームミラー越しにお母さんが心配顔を覗かせる。

「ううん」

本音を言ったってお母さんには「すみれのことが心配なのよ」と言い返されて終わり。

だったら何も言わない方がいい。

愛想笑いで流したら、すべて丸く収まる。

「心配しないで、大丈夫だから」

今にも下がりそうになる頬を、私は必死に持ち上げた。


翌日、体が重くてベッドから起き上がることができなかった。

やっちゃった……。

完全に油断してた。

全身が熱くて頭がボーッとする。

頑張りすぎた次の日や無理をすると熱が出る私は、自分の体の弱さにほとほと嫌気がさす。

「はぁ」

でもいいんだ、昨日は楽しかったから。

今日一日寝ていれば明日には治る。

呼吸が荒く目も虚《うつ》ろ状態。

気を抜くとまぶたが下がっていき、すぐにでも意識が飛んじゃいそう。

きっと高いな、今日の熱は。

あー、だめだ、自力じゃ動けない。

起き上がろうとしたが、フラフラしてすぐにベッドに倒れ込んでしまった。

「すみれー？　入るわよ。って、どうしたの⁉」

なかなか起きてこない私を心配したお母さんが、ベッドに横たわる私のそばに飛んできた。

そして額に手を当てる。

「熱いわね。すぐに病院に行くわよ。まずは着替えなきゃ」

「はぁっ……いつものことだからいいよ」

「何を言ってるの。病院に電話するから、診てもらいに行きましょ」

「えー、大丈夫なのにぃ……っ」

「だめよ。取り返しがつかなくなってからじゃ遅いのよ」

取り返しがつかなくなってから……って、なに？

私が死ぬかもしれないって、お母さんはそんなことばっかり考えてるの？

たとえそうじゃないとしても、事あるごとに発言を深読みするのが癖になってしまった。

お母さんは私がいつどうなってもおかしくないって、そんなふうに思ってるんだ。

病気はもう治らないって……そう思っているんでしょ？

『笑っていれば病気の方から逃げていくわよ』だなんてうそ。

ちっとも治らないじゃん。

それどころか、余命まで告げられて……。

胸が締め付けられ、私は拳を思いっきり握った。

私もみんなと同じように『普通』でいたかった。

どうして私が病気にならなきゃいけなかったんだろう。

神様はなんで私を選んだんだろう。

乗り越えられない試練は与えないっていうけど、無理だよ。全然無理だよ、病気を乗り越えるなんて。

私、本当はそこまで強くないんだ。

薄れていく意識の中、最後にそんなことを思った。

「う、ん……っ」

「……ちゃん、すみれちゃん」

「え……っ!?」

あ、あれ……？

「こ、ここは……？」

天井がぐるぐる回って視界がはっきりしない中、消毒液の独特な匂いが鼻につく。

「病、院？」

「そうだよ、ご両親に抱きかかえられながら連れてこられたんだよ」

そう、だったんだ……。

熱で朦朧としていたせいで、記憶がすっぽり抜け落ちている。

「熱が下がるまで入院して様子を見ようか」

「え、大丈夫です。すぐに下がりますので」

私は思わず反動で体を起こそうとした。

だけど、力が入らなくて思うように動けない。

「一人で動けないでしょ？」

「それは……」

「ご両親も入院を希望してる。二、三日だけだから」

外来の処置室のベッドのすぐそばの椅子にお父さんとお母さんが座っていた。

「そうよ、すみれ。それがいいわ」

隣でお父さんがうんうんと頷く。

「でも……」

本当にすぐに退院できる？

「熱が下がればすぐに退院できるから」

「………」

私は渋々入院を受け入れるしかなかった。

学校を休んだらまた瑞希ちゃんを心配させてしまうだろう。

嫌だなぁ、入院……。

病棟から看護師さんが車椅子で迎えにきて、私は前回と同じ個室に入院した。

長引く入院になるかと思っていたのは初日だけで、栄養剤の点滴をすると次の日には微熱程度にまで熱が下がった。

完全に下がりきっていないから、退院はまだできないらしい。

午後には動けるようにまで回復したので、暇つぶしに病棟内をウロウロしてみた。

「あ、ここ……」

棟内の端っこ、私が入院する個室のちょうど真向かい。自然とそこで足が止まった。

相楽くんの双子のお兄さんが入院してるんだよね。

プライバシー保護の関係でネームプレートがないからわからないけれど、部屋が変わってなければいるはずだ。

「桜田……？」

「へっ……!?」

ぼんやりしていたら背後に相楽くんが立っていた。

う、うそっ!?

よ、よりによってなんでこんな時にっ……！

病衣姿でおまけに髪もボサボサ。

シャワーも浴びられてないから汗くさいかも。

あわあわしていたら、小さく噴き出す声がした。

「なにそんなにうろたえてんだよ」

「あ、あはは」

少しでもどうにかしようと、私は手ぐしで髪を整える。

長いからところどころ絡まってすんなりとはいかなかったけど、やらないよりはマシ。

部屋を出る前に身だしなみくらいはちゃんとしてくるんだったなぁ……。

「この前はお疲れ」

「え、あ、土曜日のことだよね。こちらこそ、色々ありがとう。すごく楽しかった」

相楽くんはどうして私がここにいるのかとか、学校を休んでいた理由を聞いてこない。

それは私に興味がないからなのか、あえてそうしてくれているのかはわからないけれど、聞かれないことにホッと胸を撫で下ろす。

「えっと、お兄さんのお見舞い？」

「うん、まぁ……」

「私も一緒に行っていい？」

「え？」

なんで？　と言いたそうな相楽くんの瞳。

「いいじゃん、挨拶がしたいんだよ」

渋々だったけど、相楽くんは了承してくれた。

初めて会う相楽くんのお兄さん、奏くん。

彼はずっと寝たきりなせいか、色白で病弱そうで、筋肉もずいぶん落ちて相楽くんよりもひとまわり小さく見えた。

今にもスッと起き出しそうなほどのきれいな寝顔。

小さなほくろの位置までもが同じで、写真で見る以上に二人はそっくりだった。

病室には私たち以外に誰もいなくて、静寂な雰囲気が漂っている。

相楽くんはなんとも言えない顔で奏くんを見ている。

こうなったのは自分のせいだって未だに自分を責めているのかな。

だとしたら、ここに立っているのもつらいよね。

私にできることってなんだろう。

「早く目覚めるといいね」

今の私にできるのは、そう願うことだけ。

「…………」

相楽くんは無言で奏くんの顔を見つめ続けた。

何を考えているんだろう。

奏くんのことをどう思っているんだろう。

「あら、潤？」

病室のドアが開いたかと思うと、高級そうなスーツに身を包んだきれいな女性が入ってきた。

「なんだ、きてたの」

相楽くんのお母さんかな？

なんとなく目元が相楽くんに似ている気がする。

「潤のお友達？　それとも奏の……？」

「あ、潤くんのクラスメイトの桜田すみれです」

「そう、潤の。私は潤と奏の母です」

やっぱり、お母さんだったんだ。

若くてきれいで、とても高校生の子どもがいるなんて信じられない。

相楽くんはお母さんから顔をそらすとうつむいたまま病室を出て行こうとする。

「え、ちょ、待って、相楽くん。すみません、失礼しますっ」

私は彼のお母さんに頭を下げて相楽くんの背中を追いかけた。

「待ってよ、歩くの早いって」

やっと追いついたと思っても、そもそもの歩幅が違うからすぐに遠のいてしまう。

「相楽くんってば、ねぇ」

やっとの思いで前に回り込み動きを封じた。

その無表情からは心の内が読めないけれど、苦しんでいるのを必死に隠そうとしているかのように見える。

「桜田がトロいだけだろ」

「そ、そんなことないよ」

相楽くんはもしかして、事故のことでクラスメイトだけじゃなくてお母さんまで拒絶しようとしてるのかな。

「それに……そんなにすべてを拒絶しないで気楽に生きようよ、気楽に」

今でも苦しんでいるであろう相楽くんのことを思うと胸が締め付けられる。

そんな顔は見たくない。私は相楽くんの笑った顔が見たいんだ。

「桜田みたいに能天気なのもどうかと思う」

「失礼な。これでもいろいろ悩んだりしてるんです〜！」

場を明るくしたくて、冗談っぽく笑って返す。

「そうかよ、それは悪かったな」

相変わらずツンケンしている相楽くんだけど、私といる時は素の顔を見せてくれている……と思う。

相楽くんのことをもっと知りたい。

でも私だってすべてをさらけ出しているわけじゃない。

人に言いたくないことや知られたくないことだってあるよね。

それでも全部を知りたいと思うのは、相楽くんのことが好きだからだろうか。

「明日は？」

「へ？」

「学校これんの？」

「あ、えっとまだ退院できないから難しいかな、と……」

「ふーん。ま、無理すんなよ。お大事に」

「え、あ」

あたふたする私を残して、相楽くんは歩いて行ってしまった。

もしかして私が休んでることを知って心配してくれていたのかな？

ううん、そんなわけないよね。

だけど……嬉しい。私は大きく息を吸い込んだ。

「バイバイ！」

遠ざかる背中に声をかけると、相楽くんは後ろ手に手を振ってくれた。

その日の夜、夕食を終えて部屋でぼんやりしていると主治医の五十嵐《いがらし》先生が顔を見にきてくれた。

「やぁ、潤はすみれちゃんの彼氏なのかい？」

五十代には見えない若々しくて気さくな主治医の五十嵐先生。

「か、彼氏……!?」

突然何を言い出すのかと思ってポカンとしてたら、先生はそんな私を見て小さく笑った。

「僕はあの子の叔父《おじ》なんだよ。で、あいつと付き合ってるの？」

「ち、違います！　そんなんじゃないですからっ」

まさか五十嵐先生が相楽くんの叔父さんだったなんて……。

世間は狭いって本当なんだな。

「あいつのことは赤ちゃんの頃から知ってるからね。とっつきにくいとこはあるけど、いいやつだよ」

五十嵐先生はニヤニヤしている。

「本当にちがいますからね！」

「あはは」

和やかなムードに包まれる病室。

「だいいち、私に彼氏なんてこの先絶対できないですよ」

「いやぁ、すみれちゃんはかわいいから世の男子高校生が放っておかないだろう」

「またそんなこと言って。お世辞なんていらないですから」

「あはは」

先生ってば調子いいんだから。

「先生……」

「なんだい？」

神妙な面持ちの私を見て、五十嵐先生は眉をひそめる。

「私には恋をする資格なんてないですよね」

「どうしてそんなふうに思うの？」

「だって、私は……」

私、は……死ぬかもしれないから。

夢を見る資格も、誰かを好きになるのも、私には許されない。

いなくなるとわかっていながら、誰が好きになってくれるというの。

どうあがいても、訪れる【死】。

すぐではないとしても、数年後か、10年後か。

先の見えない未来に不安になる。

どうにもならない現実に、胸の奥底がナイフでえぐられるように痛んだ。

いつか終わりがくる私の心臓。

それはいつなんだろう。わからないからこそ、不安で怖い。

「すみれちゃん。この世に確かなことなんてなにひとつないんだよ。起こるかもしれないし、起こらないかもしれない。確かにすみれちゃんの心臓は他の人より弱いのかもしれない。でもね、僕は君は強い子だと思ってる。今日までつらい治療にたえてきたんだからね」

「またそんなこと……」

口ではなんとでも言えるよね。

実際余命宣告をしたのは先生じゃない。

それなのに……希望を持たせるようなことを言わないでよ。

生きられないのなら、私にもはっきり先生の口からそう言ってよ。

「本心だよ。君は強い子だから、絶対に大丈夫。僕だけじゃない。周りのみんなだってそう思ってるよ」

「……っ」

そう話す五十嵐先生の優しい眼差しを見ていたら、心の弱い部分が刺激されて涙がじんわり目に浮かんだ。

必死に唇を結んで涙をこらえる。

何も言わなくても五十嵐先生は私の気持ちをわかってくれてるのかな。

優しい眼差しが心なしか相楽くんに似ている気がした。

「だからね、そんなすみれちゃんには幸せになってほしいんだ」

幸せ……。

幸せってなんだろう。

私にとっての幸せって。

自分には無縁なものに思えて具体的なことがわからない。ううん、想像できないと言う方が正しい。

私がそれを望んでもいいの？

でも叶わなかったら？

その時私はどうすればいいんだろう。

そんなことを考えたら恐怖で体が震える。

やっぱり未来なんて想像できないよ……。

「あ、そうだ。明日退院できるよ」

五十嵐先生がニッコリ笑った。

笑わなきゃ、私も……笑え。

「……嬉しい！」

精いっぱいの笑顔を装った。

「あの……私の病気のことは相楽くんには言わないでください」

「守秘義務があるからね。いくら親族にでも患者の情報は漏らさないから安心していいよ」

ホッ、よかった。

私は安堵の息を吐いたのだった。

第四章　～飛行機雲に乗れたなら～

「風邪だったって聞いたけど、大丈夫？」

「おはよう、瑞希ちゃん」

登校するなりすでにきていた朝練終わりの瑞希ちゃんが駆け寄ってきた。

「もうすっかり大丈夫だよ」

「すっごい心配したんだよぉ」

「あはは、ごめんごめん」

重く取られないように軽く返す。

「あ、相楽くん、おはよう」

横を通りすぎようとする相楽くんに声をかける。

「おはよ」

それだけ言うとスッと目をそらしてさっさと自分の席へ行ってしまった。

相変わらず素っ気ないなぁ。

でも挨拶を返してくれた。

それだけで嬉しいと思ってる私がいる。

「あ、そうだ、すみれが休んでる間に体育祭の種目決めがあったんだよ」

「えっ……!?」

どうやら担任の先生が私の心臓の負担にならない種目を選んで、名前を入れてくれたようだった。

「先生がもう一度すみれ本人に確認するって言ってたから、参加できるかどうか聞かれると思うよ」

「そっか、ありがとう」

これまで運動会や体育祭は毎年応援席に座って見ているだけだったから、競技や出し物に参加したことが一度もない。

それどころか入院してて参加できないことも何度かあった。

だからこそ、みんなで一つのことをするという一致団結力やチームワークのようなものに憧れる気持ちが強い。

これまで病気のせいで諦めてきた学校行事がたくさんあって疎外感を抱いてきたけれど、高校では体育祭の競技に参加したい。主治医の五十嵐先生も無理をしない程度なら参加してもいいと言ってくれている。

それなのにこれまではお母さんが心配して出させてくれなかった。

先生が選んでくれた種目は綱引きと玉入れという、いかにも無難な種目だった。

体への負担は少しはあるだろうけれど、無理はしない。

参加できる、そこに自分の名前がある、私もクラスの一員なんだ。そう思うとウキウキして胸が弾んだ。

残る問題はただ一つ、お母さんをどう説得するかということだけ。

私は早速帰ってからお母さんに切り出した。

お母さんはキッチンに立って夕飯の材料を切っている。その背中に声をかけた。

「体育祭に参加する、ですって？」

ピクッと肩が揺れたかと思うと、お母さんは手を止めて私を振り返る。

「絶対に無理はしないって約束する。だから、お願い……！」

「だめよ。なにかあったらどうするの？」

お母さんは私の言葉にかぶせるように強い口調でそう言い放った。

「大丈夫だよ、変だなと思ったらやめるし、無理はしない」

「だめだってば。何度も言わせないでちょうだい」

反対されることは予想していた。

でも、少しくらい私の声に耳を傾けてくれたっていいんじゃないの？

頭ごなしになんでも『だめだめ』って……。

「お母さんっていつもそうだよね。私の意見なんて聞いてくれたことない」

「何を言うの。それがすみれのためなのよ。わかってちょうだい」

「わからない……わからないよ。私はもう高校生なんだよ？　いちいち親にとやかく言われたくないっ。自分のことは自分で決めたいの」

わかろうとしてくれないお母さんにイライラして感情的に言葉が出る。

「わかってるの？　すみれはみんなとは違うのよ。無理をして倒れでもしたらどうするの？　お母さん、気が気じゃないわよ」

「だったら私は……」

私は……唇をグッと嚙みしめる。

言っちゃだめ、これだけは。

「すみれはお母さんの言うことを聞いていれば、それでいいの」

言っちゃ……だめ。

でも、止められない。

我慢ができなかった。

震える唇を必死に動かす。

「私は……お母さんのためだけに生きてかなきゃいけないの？　死ぬまでお母さんに支配される人生なの？」

私の意思はそこにはなくて、何を言っても許されない。

そんなの、生きていたって死んでるのと同じだよ。

「な、何を言うの。すみれのためなのよ」

私のため。それは十分わかってる。

「……だって、最後かもしれないじゃん。私、長く生きられても後10年なんでしょ？　この先、いつどうなるかわからない。だったら好きなことさせてよ。どうせ死ぬんなら、やりたいことやって死にたいんだよ！」

はぁはぁと肩で息をする。

いつもなら折れるところで、どうしても今日はそれができなかった。

いつだって正しいのはお母さんで、間違っているのは私の方。

でもそんな正論はもういらないんだよ。

「な、なにを……言っているのよ。死ぬ……なんて縁起でもないこと言わないでちょうだい」

さっきまでの迫力はなく、明らかに動揺しているお母さんの弱々しい声がした。

「春休みの入院中、五十嵐先生と話してたよね。短くて数年、長くて10年の命だって。ちゃんとこの耳で聞いたんだから！」

私には時間がないんだ。

だったら好きなようにさせてほしい。

お母さんは青ざめ、絶句した。

まさか私が聞いていたとは夢にも思っていなかったようだった。

「ど、どうして……っ、そんなこと……なんですみれが」

ガタガタと震えるお母さんの体。

次第に目も潤み始める。

お母さんのこんな顔を見るのは初めてで、胸がキリキリ痛んだ。

こんなこと、言わないつもりだったのに……。

喉の奥がカッと熱くて、何かが込み上げてくる。

「とにかく、これからは好きにさせてほしい。もう守られるだけの子どもじゃないから自分のことは自分で決めたいの」

言いたいことだけ言って、私は二階の自室へと駆け込んだ。


『どうしたの？　元気ないね』

『うん、あのね……退院できなくなっちゃったんだ』

ぼんやりと浮かんでくる昔の光景。

まだ幼い五歳の時の私が、病院の非常階段の隅っこに座っている。

そこへ一人の見知らぬ男の子がやってきて、私に声をかけてくれた。

顔は光が反射してよく見えないけれど、病院のパジャマじゃない服を着てるから、入院患者ではないことがわかる。

『何かの病気なの？』

『心臓がね、悪いんだ』

『心臓……僕、将来パパみたいなお医者さんになるのが夢なんだ』

『へえ、すごいね』

私がそう言うと、男の子の口元が優しくゆるんだ。

『どんな病気でも治せるお医者さんになるよ！　だから元気だしてね。きっときみの病気も治すから』

『うん……ありがとう！』

『約束するよ。その印にこれをあげる』

男の子の手のひらには薄ピンク色の星の砂が入ったキーホルダータイプの小瓶があった。

瓶の中でサラサラと砂が流れる。

白い星形の貝殻のようなものが砂に交じっていた。

『わぁ、きれいっ！　いいの？』

『僕は水色のやつを持ってるからいいんだ。さっき病院の売店でお父さんに買ってもらったの』

そう言ってポケットから色違いの砂が入った小瓶を取り出して見せてくれた。

『次に会う時は夢を叶えた時だね。僕、頑張るから』

『うん、応援してるね』

名前も知らない男の子と指切りをした。

男の子の指は力強くて、本当にそれを叶えてくれそうな気がしたんだ。

「はっ……！」

目を覚ますと自分の部屋のベッドの上だった。

お母さんと言い合った後、ベッドに入ったらいつの間にか寝ちゃったみたい。

夜ご飯も食べず、シャワーも浴びず、いつの間にか朝方近くになっていた。

「それにしても、夢、かぁ……」

五歳の時に夢の中の男の子に実際に会ったことがある。

一度だけだったしすっかり忘れてたけど、夢を見て久しぶりに思い出すなんて……。

あのキーホルダー、どこにやったっけ。

しばらくお気に入りで、どこに行くにも持って歩いていたっけ。

「あ、あった！」

引き出しの奥の方に、存在を忘れられたかのようにひっそりと置かれてあった。

手に取ると瓶の中で砂がサラサラ移動する。

「まだ持っていたなんて」

こんなにすんなり見つかると思ってなかった私は、懐かしさで胸がいっぱいになった。

そういえばあの男の子は実際どんな顔をしていたんだろう。

遠い昔の記憶だから、もう思い出せないや。

キーホルダーをそっと引き出しに仕舞うと、足音を立てないように階下へおりて、サッとシャワーを浴びた。

夜ご飯を食べずに寝てしまったからお腹がペコペコだ。

キッチンの方からはお母さんが包丁を使う音がする。

どうしよう……このまま顔を出す？

でも、会いにくいし、気まずい。

昨日言ったことは私の本心だから、謝るのも違う気がする。

好きなようにしたいし、お母さんには今後何も言われたくない。

その気持ちは変わってないのに、どうしてこんなに後ろめたい気持ちになるんだろう。

キッチンへは寄らずに部屋へ戻り、制服に着替えた。

私がいつも起きる時間になってもお母さんが起こしにくることはなく、私も家を出るギリギリの時間まで部屋で過ごした。

私は悪くない……悪くないんだ。

家を出る時、玄関先にランチバッグが置いてあるのを見て胸がギュッと締め付けられる。

いつもよりズシッと重たいバッグの中には、朝ご飯用なのだろう、小さなおにぎりが二つお弁当箱の上に載っていた。

昨日あれだけ言ってしまったというのに、どうして……。

罪悪感がふつふつと湧き上がってくる。

私はランチバッグを無造作につかむと静かに家を出た。

バスに揺られて駅に着いて電車へと乗り込む。

カバンに入れたランチバッグがいつまでも重たくて、私の心を押し潰《つぶ》そうとしているようだった。

「すみれー！」

駅に着いて一人トボトボ学校までの道のりを歩いていると、後ろから夏美が走ってきて隣に並んだ。

「おはよう」

夏美に挨拶を返すけれど、うまく笑えなかった。

「なんだか元気ないね。どうかしたの？」

「うん、実は親と喧嘩《けんか》しちゃって……」

詳しくではないけれど、なんとなくのいきさつを夏美に話した。

夏美は静かに話を聞いてくれて、私が話し終わると少ししてから口を開いた。

「色々言われて嫌になることってあるよね。うちの親もほんと口うるさい。どこの親も一緒だね」

「ほ、ほんと？　夏美の親もそんな感じ？」

「だよだよー、宿題はやったか、早くお風呂に入れ、夜ふかしするな、朝ご飯はちゃんと食べろ、授業の予習復習をしろ、休みの日にダラダラするなって、言い出したらキリがないくらいいうるさいよー。いっつも喧嘩になっちゃうもん」

「そうなんだ。私は喧嘩は初めてで……」

「えっ、初めて⁉」

夏美が目を見開く。

そんなに珍しいことなのかな。

「ごめんごめん、すみれがいい子過ぎてびっくりしちゃって。初めてだったら、そりゃ落ち込むよね。私も言い過ぎたかなって、最初の頃は落ち込んだなぁ」

どこか懐かしむように遠い目をしながら微笑む夏美。

「家族に対してってなかなか素直に謝れないし、ついつい意地を張っちゃうよね。すみれのお母さん、めちゃくちゃ過保護っぽいし大事にされてる証拠だよ」

「そうかな」

大事にするのと、過保護なのって違う気がする。

お母さんは私を管理したいだけなんだよ。

黒い感情がふつふつと胸を埋め尽くしていく。

夏美は私が病気だって知ったら、お母さんと同じように私を心配する？

お母さんの言う通りにしたほうがいいよって、そう言う？

わからないけど、確実に私を見る目は変わるよね。

「元気だして！　近々二人でスイーツでも食べに行こっ！」

励ますように私の肩を叩き、太陽みたいな明るい笑みを浮かべる夏美。

いい子だなぁ。

きっと悩みなんてなくて毎日楽しいんだろうな。

……羨ましいなぁ。

私はどうして病気なんだろう。

なんで私だけ……こんな目に遭わなきゃいけないの？

いつもならポジティブでいられるのに、なんだか今日は落ち込んでしまいがち。

負の感情のループから抜け出せない。

どうして、なんでって、考えても現実は変わらないし無意味なのに。

この日帰宅するとお母さんは何事もなかったかのように「おかえり」と声をかけてきた。

普段と何も変わらない態度で、まるで昨日のことなんてなかったかのように。

拍子抜けした私を見て笑うお母さんの顔は、いつものお母さんの顔だった。

昨日のことには一切触れず、いつも通りに私も振る舞う。

わかってくれたのかな……？

だから何も言わないの？

お母さんが何を考えているのかさっぱりわからなかったけれど、自分から話題を振ることもできなくて、いつも通りに過ごしたのだった。


体育祭を一週間後に控えたある日の放課後、先生に用事があった私は帰る前に校舎の二階にある職員室へ。

用事を終えて廊下に出ると、職員室の隣にある応接室のドアが開いて中から人が出てくるのが見えた。

「それではよろしくお願い致します」

パリッとしたスーツを着て深々とお辞儀をするのは、紛れもなくうちのお母さんだった。

何をしているの、こんなところで……。

「あら、すみれ。偶然ね。今帰り？」

「そう、だけど……お母さんは何してたの？　どうして学校に？」

わけがわからなかったけど、なぜか嫌な予感がした。

「担任の先生とお話ししてたのよ」

まさか……ううん、でも。

「何を話してたの？」

「大したことじゃないのよ。さぁ、帰りましょう」

大したことじゃない、なんて絶対にうそ。

お母さんが学校にくる時は決まってなにかあるんだ。

「なに話してたの？　教えてくれたっていいでしょ。私のことなんだからっ」

「体育祭でのことよ」

「やっぱり……中学の時みたいに、どの種目にも出さないようにしてくださいって頼みにきたの？」

思わず声が震える。

家で何事もないように振る舞っていたのは、理解してくれたからじゃない。

私に何を言っても無駄だと思ったからだ。

直接先生に頼み込むなんて……。

「とにかく帰るわよ」

「離して……！」

私の手をつかもうとするお母さんの手を振り払う。

どうしていつもこうなの？

少しくらい私の話を聞いてくれてもいいじゃない。

「自分のことは自分で決めるって言ったよね？　高校生にもなって親が学校に乗り込んでくるとか……恥ずかしいんだけど！」

怒りでわなわな拳が震えた。

ありえない……こんなの。

「あなたは普通の子とはちがうのよ。心配するのは親として当然のことでしょう？」

「普通の子とは違うって……」

そんなの私が一番よくわかってるよ。

今までどれだけ『普通』に見られたかったか。

私を一番『普通』でなくしてるのは……お母さんじゃん！

「お母さんだって……私の気持ちをなにひとつわかってない！　大っ嫌いっ！」

お母さんだけは、私を『普通の子』として見てほしかった。

私自身をちゃんと……。

あふれそうになる涙をこらえ切れなくて、私はとっさにお母さんに背を向ける。

「待ちなさい、すみれ！　走っちゃだめよ……っ」

「もう私のことは放っておいて。付いてこないでよっ！」

一目散に廊下を走って昇降口へ行き、靴を履き替えて学校を飛び出した。

もう嫌だ、なにもかも。

恥ずかしい、情けない、みっともない、苦しい、このまま何もかもから逃げて……遠くまで行けたら。

「はぁはぁ……く、苦し」

そろそろ足が限界だ。

でも止まりたくない。

遠くまで……もっと遠くまで行かなくちゃ。

「おいっ！」

「きゃっ」

駅に着いた時、後ろから誰かに腕をつかまれて足の動きが止まる。

「おま、結構、足、速いのな」

肩で大きく息をしながら、途切れ途切れに話すその人の黒髪がサラサラと揺れる。

「な、なに……？　なんで……ここに？　はぁはぁ……」

相楽くんがいるの……？

しかも、私を追いかけてきた？

息を切らしながら、お互いに無言で見つめ合う。

風がサーッと吹いて、あちこちで木々の葉っぱがこすれる音がする。

がむしゃらに走った気がしたけど、無意識に私は駅まできていたようだ。

もしかして、学校でのお母さんとのやり取りを見られていた？

だから追いかけてきたの……？

なんで？

いつもは無関心なくせに……っ。

感情があっちこっち乱れて収まらない。

こんな惨めな自分を相楽くんにさらすのはもっと嫌だ。

「放して……私に構わないで」

相楽くんの腕を振り払い、改札を抜けて家に帰るのとは反対側のホームから電車に乗った。

まだ心臓がバクバクしてる。

吊り革につかまって息を整えた。

「ふぅ、なんとか間に合った」

「なっ……！」

すぐ後ろに人の気配がして、振り返ると涼しげな表情を浮かべる相楽くんの姿があった。

な、なんで？

まさか、ずっとついてくる気？

ううん、帰りがこの電車だから、偶然……だよね？

極力外の景色に目を向けて意識をそらした。

電車がカーブを曲がった瞬間、体勢を崩してしまい後ろへよろけた。

「っと」

背中越しに声がして、相楽くんの腕が腰を支えてくれる。

斜め後ろに視線を向けると、すぐにぶつかりそうなくらいの距離に相楽くんの顔があってドキッとした。

心臓がドキドキと大きな音を立て始める。

まるで抱き合っているみたいな格好に恥ずかしくなってうつむいた。

「も、もう大丈夫だから」

これ以上密着しているとどうにかなりそうで、私は両手で吊り革をしっかり握り直した。

途中で降りるかと思っていたけど、相楽くんは終点まで私についてきた。

改札を抜けるとすぐ目の前は海だ。

前は夕方に近かったけれど、今は昼間の時間帯のせいか、周囲が明るくてまた違った雰囲気だ。

潮の香りが漂ってくると、胸のざわつきが少し落ち着いた気がした。

砂浜を一歩一歩、足を取られながらゆっくり進む。

「いつまでついてくんの？」

さっきからずっと気配はしてたけど、見て見ぬフリをしていた。

無言でついてきて、いったいどういうつもりなんだろう。

「どうして私に構うの？」

振り返ると太陽の光に目を細めながら、水平線を見つめる相楽くんがいる。

「暇だったからだよ、それ以外特に理由はない」

悪びれもせずそう返事をする相楽くんに、それ以上何も言えず、私も同じように水平線を眺める。

雲一つない晴れた空に、一本の飛行機雲が浮かんでいる。

「なんだか自分がすごくちっぽけな気がするなぁ」

この海に比べたら私なんて全然大したことないよね。

そう、大したことない……。

私の悩みなんて、本当はすごく大したことないのかも……。

「波がさらってってくれそうだよな、嫌なこととか、色んな感情を」

「えっ？」

びっくりした、相楽くんがそんなことを言うなんて。

それと同時に押し寄せては引いていく波を見て、たしかにその通りだなと思った。

このモヤモヤや黒い感情すべて、この波が全部さらっていってくれたらいいのに。

そしたら何もかも忘れて楽になれる。

いっそのこと、私という存在ごと全部さらってくれたらいいのに。

「それができたら、どんなにいいかな」

わかってる、本当は相楽くんが心配してくれてるんだってこと。

言葉はなくても伝わってくる優しさに胸が締め付けられる。

病院で何度も会ってるんだもん、相楽くんは私が何かの病気だって察しているはず。

でも一度もそれを聞いてきたことはない。

聞かれても困るけど、単純に私に興味がないだけかもしれないと思うとなんとなく寂しい。

どこまでも広がる果てしない海を見ていたら、そんな現実を忘れてしまいそうになる。

やっぱり私、海って好きだなぁ……。

「夏の匂いがするな」

夏の、匂い……？

耳をつんざく波の音に乗って漂う磯の香りが鼻をつく。

湿った空気が肌にまとわり付いて気持ち悪い。

空に浮かぶ眩しいくらいの太陽も、太陽の光が反射してキラキラ輝く海面も、晴天に浮かぶ飛行機雲も、隣にいる相楽くんの姿も、しっかりと目に焼き付けよう。

夏はまだ先だけど、隣で気持ちよさそうに目を閉じて風を一心に浴びる相楽くんの姿から目が離せなかった。

忘れたくない、ここで見た光景を。

私に残された時間がどれくらいなのかはわからないけれど、ちゃんと胸に留《とど》めておこう。

日が沈むまで私たちはぼんやり水平線を眺めていた。

暗くなると一気に現実に引き戻されて、気持ちが沈んでいく。

帰りたくないなぁ……。

スマホはきっとお母さんからの着信でいっぱいだろう。そう思うとうんざりだ。

駅へ向かう足取りが自然と重くなる。

やってきた電車に乗るのを躊躇っていると相楽くんに手をつかまれた。

「な、なにするの」

「田舎だから、これ逃したら次は三十分はこない」

「別にいいよ、相楽くんは先に帰ってくれて……」

私は帰りたくないんだから。

繋がった手に神経が集中し、心臓がドキドキと音を立てる。

『すみれちゃんには幸せになってほしいなぁ』

やだやだ、なんで今五十嵐先生の言葉が浮かぶの。

相楽くんのことは好きだけど……幸せなんて、私にはいらない。

「心配すんな、俺も一緒に怒られてやるから」

「なっ……！」

なんでそこまでしてくれようとするの？

私に興味がないんじゃなかった？

それなのに……わからないよ。

「桜田はいつもおせっかいなほど絡んでくるから、そのお返し」

「なに、それ……」

思わず小さな笑いが漏れた。

相楽くんといると心が温かくなる。

それと同時にとても落ち着かない。一挙手一投足に気持ちは上がったり下がったりで忙しい。

でも、私には……恋をする資格なんてないんだ。

「一人で大丈夫だから、もう帰って？」

「言っただろ、一緒に怒られてやるって。俺は一度言い出したことは曲げない主義なんだよ」

私がいくら断っても、相楽くんは引いてはくれず、電車に乗り込んだ。

家に着いた頃にはすでにあたりは真っ暗で、玄関のドアに向かって伸ばす手が小刻みに震える。

きっと怒られる。でも私の気持ちもわかってほしい。

お母さんにそれを望むのは私のわがままなのかなぁ……。

「あれ……？」

玄関の鍵《かぎ》は開いていたけれど、なんとなく中の様子がいつもとは違った。

リビングの電気がついていなく、シーンと静まり返り、異様な空気が漂っている。

だけど車はあったから、お母さんはいるはずだ。

「た、だいま」

暗闇に向かって蚊の鳴くような小さな声を出す。

予感はしたけど返事はなかった。それどころか人の気配もしない。

「とにかく中に入るぞ、ほら」

「え、でも……」

足が竦《すく》んでそこから動かない。

こんな時の勘って、根拠はないけど当たるんだ。

何かがあるって決まったわけでもないのに、思わず身震いしてしまう。

「一緒に行くから」

そう言うと、相楽くんが私の手をつかんだ。

大きくて温かい手に触れると、震えが止まって覚悟ができた。

「お母さん……？」

電気が消えてるってことはいないのかな。

もしかすると、私を捜しに？

だとしても鍵が開いていたのはおかしい。

リビングに入り、手探りで電気のスイッチを入れた。

「お、お母さん……!?」

パッと明るくなると、リビングの床に倒れているお母さんの姿が目に飛び込んできた。

信じられない光景に目を疑う。

「どうしたの!?　お母さん！」

思わず駆け寄り、その場にしゃがむ。

お母さんは意識がなく、呼びかけにも反応しなかった。

それどころか顔には血の気がなく、よく見ると呼吸もしていないように見える。

「お、かあ、さん……？」

止まったはずの震えが再び襲ってきた。

どうしよう、どうすればいいの……？

「お、お母さん……！　ねぇってば！」

どうしちゃったの……⁉

目を開けて……！

「お母さんっ！」

「落ち着け」

パニックになりそうな中、相楽くんの淡々とした声が耳に届いた。

いつの間にか相楽くんと繋がった方の手を強く握っていて、ハッとさせられる。

「で、でも、お母さんが……っ、お母さんが」

不意に涙が浮かんだ。

「大丈夫だ、今救急車呼ぶから」

ギュッと私の手を握り返してくれる優しい温もり。

救急車が到着するまでの間、取り乱すことなくなんとか平静を保っていられたのは、相楽くんのおかげ。

情けないことに私は、慣れた手つきで心臓マッサージなどの蘇生術《そせい》を行う相楽くんの姿を見ていることしかできなかったけれど。

救急車が到着してからはまるで医療ドラマでも見ているかのような光景に、ただただ呆《ぼう》然《ぜん》とした。

救急隊への対応はすべて相楽くんがしてくれて、私は言われるがまま救急車に同乗してお母さんに付き添った。

お母さんが搬送されたのは私がお世話になっている病院だった。

救急外来に到着すると、お母さんが乗ったストレッチャーはたくさんのスタッフと共に処置室へ消えていった。

私は待ち合い室で待機するように言われ、ソファに力なく座り込む。

なんで、こんなことになっちゃったの……。

あっという間の出来事で未だに実感がわいてこない。

何も考えられない、信じられない。

お母さんにもしものことがあったら……。

このまま目を覚まさなかったら……どうしよう。

じわじわと涙が浮かんで、ことの重大さを徐々に理解する。

それからしばらくして、お父さんが病院に駆けつけてきた。

「すみれ！」

「お父さん……どうしよう、お母さんが……お母さんが」

お父さんの顔を見たら我慢ができなくて涙が頬を流れた。

ネクタイと髪を乱したお父さんは、慌てて病院にきたんだろう。ずいぶん息が上がっている。

「大丈夫だ、お母さんは大丈夫だ。だから泣くな、すみれ」

「う、うっ……」

涙が止まらない私の肩を、お父さんは優しくポンポンしてくれた。

それからどれくらい経ってからだろう、救命の先生が出てきてお父さんが呼ばれた。

「お父さん……」

「大丈夫だから、そこで待ってなさい」

「でも……」

「すぐに戻ってくるから。そしたら一緒にお母さんに会いに行こう」

お父さんは優しく諭すように私に言い、安心させようと微笑んでみせる。

「……わかった」

慌ただしく消えていくお父さんと先生の後ろ姿を見つめながら、震えが止まらない自分の両手をギュッと握り締めた。

私が負担をかけたから……お母さんは倒れたんだ。

胸がキリキリ痛んで、押し潰されそうになる。

何かあったらどうしよう。

不安が胸を埋め尽くしていく。

「桜田のせいじゃない」

いつの間にか隣にいた相楽くんがふとつぶやいた。

病院に着いてスマホを見たら相楽くんからのメッセージがきていて、私はお母さんの搬送先の病院を伝えた。

心配してわざわざここまできてくれたの……？

「とにかく今は余計なことは考えずに無事だけを祈ってろ」

「でも……」

「いいから」

相楽くんは相変わらず無表情で、何を考えているかはわからない。

でも一緒にいてくれてかなり心強い。

不思議と相楽くんといると落ち着いた。

どうか、お母さんが助かりますように。

無事でいさせてください、お願いします。

しばらくしてお父さんが戻ってくると、すぐに状況を教えてくれた。

お母さんはなんとか一命をとりとめたらしい。

どうやら心筋梗塞《こうそく》だったらしく、一時的に心臓が止まり、あと数分発見が遅かったらどうなっていたかわからなかったとのことだった。

「きみがすみれと一緒にいた男の子かな？」

お父さんは私の隣にいる相楽くんに視線を向ける。

そういえば、さっきいなかったし、お父さんに説明するのを忘れていた。

「きみのおかげで助かったよ。本当になんとお礼を言っていいのやら……ありがとう」

お父さんの声がかすかに震えている。

私に弱さを見せまいと、気丈に振る舞っていてくれたのかもしれない。

「いえ、俺は別に何も。でも、無事でよかったです」

「ああ、本当にね。すみれ、お母さんは入院することになったから、もうすぐ処置を終えて病棟に移るよ」

「じゃあ俺はこれで」

相楽くんは私に向かって言うと、お父さんに軽く会釈してからこの場を立ち去ろうと背中を向けた。

「あ、ありがとう！」

後ろ姿に声をかけると、相楽くんはゆっくりと手を挙げて返事をしてくれた。

「あ、お母さん……！」

お母さんが乗ったストレッチャーが処置室から出てきた。

「明日には目が覚めると思いますよ」

一緒に出てきた救命の先生が私の目を見てにっこり微笑む。

「ほ、本当にもうなんともないんですか？」

「ええ、安心してください」

「よ、よかった……」

本当によかった……。

足の力が抜けてくずれ落ちそうになったけれど、必死に耐えた。

「応急処置をしたという男の子はきていますか？」

先生は救急隊員から説明を受けたのだろう、キョロキョロとあたりを見回す。

「えっと、相楽くんなら、さっき帰りました」

「相楽……？」

先生の胸元のネームプレートに自然と視線が向く。

そこには『相楽』の文字があった。

もしかして、相楽くんと関係が……？

「あいつ、いつの間にここまでの応急処置ができるように……」

「えと、あの……？」

「あ、いや、すみません。では、病棟へ移動しましょうか」

気になったけれど聞くことはできなくて、お父さんと私はお母さんに付き添って病棟へ移った。

個室のベッドに寝かされ、目を閉じるお母さんの顔を見ていると、やはり罪悪感が芽生えてきた。

何がなんだかわからないうちに起こった出来事で、ここまであっという間だった気がする。

よかった……お母さんが無事で。

お母さんにもしものことがあったらって考えると、怖くてたまらなかった。

どこかで『死』を覚悟した自分もいて、今まで想像の範疇《はんちゅう》でしかなかった出来事を身近に感じて本気で怖いと思った。

「ごめんなさい、お母さん……」

こうなったのは全部私のせいだよね。

あの時相楽くんが手を引いて電車に乗ってくれなかったら、発見が遅れてお母さんは助からなかったかもしれない。

そう考えたら背筋が凍る思いだった。

「すみれのせいじゃない」

そばにいたお父さんが私の肩に手を置いた。

その手がかすかに震えているような気がして居た堪《たま》れない気持ちになる。

「実はこれは今まですみれには言っていないんだが、お母さんも心臓が悪くてね」

「えっ？」

私は思わず振り返った。

お父さんはそんな私に優しい眼差しをくれる。

「悪いと言っても薬を飲むほどじゃないんだ。だから普通の日常生活は問題なくできる。ただ、やっぱり疲れがたまったりすると症状が出やすくなるんだ。お母さんの変化に気づけなかったお父さんの責任だよ」

「そんなことないよ。原因を作ったのは私だもん……私がお母さんにひどいことを言ったから……それでお母さんは」

不意に涙がこみ上げてきてうつむく。

まさかお母さんも心臓が悪かったなんて。

今までそんな素振りはなかったから、気付かなかった。

「お母さんはすみれの病気は自分のせいだって、すみれが生まれてからずっと自分を責め続けているんだよ。だから何があってもすみれは自分が守るんだって、頑張りすぎた結果だ。お父さんが支えなきゃいけなかったのに無理をさせてしまった。すみれが責任を感じることはなにひとつないよ。それに今まですみれはいい子すぎたからね。しょっちゅうだと困るが、たまにはお母さんに本音をぶつけて言いたいことを言ってもいいと思うぞ。もちろんお父さんにも、だ」

かすれる声で一生懸命声を振り絞るお父さんの姿に、熱いものが込み上げてくる。

私は自分のことに精いっぱいで、周りが見えていなかった。

「そう、よ」

ベッドの方から弱々しい声がした。

どうやらお母さんが目を覚ましたようで、目に涙を浮かべる私をまっすぐに見てきた。

涙を見られたくなくて、とっさにお母さんから目をそらし、そっぽを向く。

「もっと本音を、ぶつけても、いいの」

苦しそうに途切れ途切れに話すお母さんの声に胸が締め付けられる。

「ごめんね、お母さんの病気のせいで、すみれにまで、苦しい思いをさせてしまって。すみれの病気は、お母さんからの遺伝ではないんだけど、まだ色々わかっていないことも多いから……ごめんね」

どう返事をしていいかわからない私に対して、お母さんは謝罪の言葉を何度も繰り返した。

「やめて……もうこれ以上……謝らないで」

お母さんは私の病気のことで自分を責め続けてきたのかな。

苦しそうに話す声に胸がキリキリ痛んで仕方ない。

「学校に乗り込むなんて、すみれにしたら嫌だったよね。競技に出たあと、すみれに何かあったら、対処をお願いしますって、どうしても、先生に直接伝えたくて……」

「え……？」

お母さんは私の競技出場をやめさせるために学校に乗り込んだんじゃないの……？

「みっともないマネして、ごめんね」

「……っ」

私の勝手な勘違いだったの……？

それなのに私は一方的にお母さんを責めてしまった……。

たくさんひどいことも言った。

「いつまでも、小さな子どものつもりだったけど、すみれはもう、守られるだけの子どもじゃないのね。成長、してるんだよね……」

まだ体がつらいはずなのに、無理して笑うお母さん。

「これからは、すみれのしたいようにしなさい。心配はもちろんするだろうけど、それでもあなたの、一番の味方でいられるように、頑張るから」

目の前が涙でボヤける。

ゆらゆらと視界が揺れる中、お母さんのか細い手が私の手を握った。

「それに、お母さんはね……すみれの病気は必ず治ると思ってる。だから……だからね、余命のことも信じてないの」

最後だけ涙交じりの声だった。

瞬きすると大粒の涙が頬に流れた。

「ごめん、なさい。私のせいで……お母さんに負担かけて」

謝らなきゃいけないのは私の方。

お母さんは私を認めようとしてくれた。それなのに……。

「誰のせいでも、ないわ。お母さんが勝手に、無理をしたからよ。悪いのは、全部お母さんなんだから」

「そんな……っ、そんなこと、ないっ」

涙があふれて止まらない。

いつでもどんな時も、お母さんの前では心配させまいと笑顔で過ごしてきた。

それなのに親の前で泣くなんて……。

嫌だ、止まれ、涙、お願いだから。

「いいのよ、今は……思いっきり、泣きなさい」

「……っ」

思いとは裏腹に、涙はどんどんあふれてきて、小さな子どものように泣きじゃくる。

そんな私の頭を優しく撫でるお父さんと、手を握ってくれるお母さんの温もり。

なんだか照れくさいけど、とても優しく、居心地のいい空間。

「ごめんね……今まで病気のこと、詳しいこと全部……隠してて」

フルフルと大きく首を横に振る。

余命宣告されてからずっと張ってた心の壁にひびが入り、これまでのわだかまりが全部弾《はじ》け飛んでいくような気がした。


翌日、寝不足で目が覚めた。

昨夜遅くにお父さんと一緒に帰宅して、ベッドに入ったのが午前〇時過ぎ。

お父さんは学校を休んでもいいと言ってくれたけれど、そうもいかない。

目が腫れぼったくてまぶたが重い。原因は寝不足と昨日泣きすぎたせいだよね。

でも心は晴れ晴れしていて、スッキリ軽い。

「わ、急がなくちゃ！」

いつもよりも起きるのが遅くなってしまい、モタモタしていられない状況だ。

制服に着替えてからリビングを覗くと、お父さんが慣れない手つきでフライパンを握っていた。

制服姿の私を見ても、特に何も言わない。

「さぁ、早く食べなさい。遅刻するぞ」

「うん」

スクランブルエッグにトーストに無塩ウインナーにトマトとレタス。

お父さんが作るものはお母さんにも引けを取らないくらいの味と見栄えだった。

「お父さんって料理ができたんだね」

「独身の頃は一人暮らしをしてたからね。今はお母さんに任せっぱなしだが、これからは家事も手伝うよ」

それでもお父さんは他のお父さんに比べたら手伝っている方だと思う。

休みの日は必ず掃除機をかけているし、洗濯物だってお父さんが干す時はシワ一つなくピシッとしてる。

瑞希ちゃんにその話をすると『うちのお父さんは休みの日は寝てばっかだよ』と言って驚いていたっけ。

お父さんがそこまでするのは、裏でお母さんを支えたい気持ちがあったからなのかもしれない。

「お父さんは会社を休んでお母さんのところに行くから、何かあったら連絡するよ。すみれも無理だけはせずにね」

「うん、わかってる」

フォークでウインナーを突き刺し口へ運ぶ。

一口かじると、ジュワッとジューシーな味が口の中いっぱいに広がった。

お父さんの方が疲れているはずなのに、私が出るまでの間にお弁当まで用意してくれて、申し訳ない気持ちでいっぱいになる。

私にも何かできることはないのかな。

少しでもお父さんの負担を減らしたい。

でも今の私にできることって……？

「あ、そうだすみれ、相楽くんによーくお礼を言っておいてくれ。落ち着いたら、改めて家にも招待したいしね」

「あ、うん」

昨日は相楽くんにみっともない姿を見せてしまった。

私からもよく謝っておかなきゃ。

「行ってきまーす！」

お父さんに見送られて家を出る。

いつものバスには間に合わないけど、なんとか遅刻は免れるだろう。

同じ道を走っているはずなのに、たった数十分遅いだけで周りの乗客や車窓からの景色が全然違う。

何がって聞かれても具体的には答えられないけれど、変な新鮮さと妙な違和感があった。

それを感じるほど今の生活に慣れてきていたということなのだろう。

よかった、なんとか間に合った！

チャイムが鳴る数分前に教室に着き、ホッと胸を撫で下ろす。

「すみれ、おはよう。ギリギリなんて珍しいね」

「おはよう、瑞希ちゃん」

朝から眩しいほどの笑顔を向けてくる瑞希ちゃんに、私も笑顔を返す。

いつもの光景、いつもの日常。でもそれは、決して当たり前のことなんかじゃない。

もしもお母さんが無事でなかったら、学校にもこられなかったはずで、こんな風に笑うなんてきっと、できっこなかった。

だからここにこうしていられることに感謝しないといけない。

チャイムが鳴ってみんながそれぞれ席へと戻っていく。

私も早く座らなきゃ。

背筋をピンと伸ばしながら自分の席に座る後ろ姿を見つけて、ドキッとした。

「相楽くん、おはよう」

後ろから肩をつんつんして声をかけ、ドキドキしながら返事を待つ。

ヘッドホンを外しゆっくり振り返ると、相楽くんはまっすぐ私の目を見つめた。

「おはよ」

「昨日はありがとう。それと……みっともないとこ見せちゃってごめんね」

「目……」

「え？」

「腫れてる」

「あ、ああ、目？　そうなの、寝不足でさ。お母さんも無事に目を覚ましてちゃんと話せたんだ」

それもこれも全部、相楽くんのおかげ。

「お父さんが一度ちゃんとお礼したいから、お母さんが退院したら家に招待したいって言ってた」

「いいよ、別に。大したことしてないんだし」

「ううん、私も感謝してるから、ぜひ！」

興奮してつい鼻息が荒くなる。

そんな私に相楽くんが小さく噴き出した。

「ま、気が向いたらな」

「お父さんに伝えておくね。あ、そういえば、救命の相楽先生と相楽くんって知り合い？」

先生には聞けなかった疑問をぶつけてみた。

相楽くんは私の質問に目を見開いたかと思うと、食い入るような眼差しを向けてきた。

なんだろう……？

何かあるのかな。

そう思わせるような瞳だった。

「あ、ごめんね。先生に救命してた男の子のことを聞かれて、つい相楽くんの名前を出しちゃったんだ。そしたら、なんだかびっくりしたような顔してたから、知り合いなのかなって」

「……父親、なんだ」

「やっぱり！　どことなく似てると思った〜。親子でお母さんを助けてくれてありがとう。お父さんにもよろしくね」

相楽くんはしばらく黙り込んだあと、そのことには触れずに「スッキリした顔してんな」と言ってきた。

聞かれたくないことだったのかな。

だから話題を変えられた？

よくわからないけれど、話したくないなら仕方がない。

「うん、おかげさまで」

「それはよかった」

きっと昨日は相楽くんなりに心配して私についてきてくれたんだろう。

何かあったら今度は私が力になりたい。
何ができるかはわからないけれど……。
授業中、私はそっと『１００のことノート』を開いた。そしてそこにペンを走らせる。

21. お母さんと一緒に料理をする！
22. 家族でお笑い番組を観て笑いたい
23. おしゃれして買い物に行く
24. 家族旅行で温泉に行きたい
25. 両親を悲しませない

こうして文字にしてみたら、お母さんやお父さんとやりたいことがたくさんあった。そのためにもまだまだ元気でいてくれなきゃ困る。

えーっと、他は……。私は思いつくままに再びノートに書き綴った。

26. 一度はテストで満点を取る！
27. 図書室で読書をしてみたい
28. クレープ屋さんでバイトがしたい
29. 夜ふかししてみたい
30. 一日中、何も考えずにぼんやりすごしたい

昼休み、担任の先生に呼ばれて職員室へ。
先生は昨日のお母さんとのやり取りを教えてくれた。

やっぱりお母さんは私を競技に出させようとしてくれていたみたいで、先生にくれぐれもよろしくと言いにきていただけだったようだ。

とんでもない場面を先生にも見られたことで、恥ずかしさでいっぱいの私は「……すみません」と謝るしかなかった。

もう一回お母さんにもちゃんと謝ろう。

「あれ、夏美？　おーい！」

職員室から戻る途中、一階の廊下で夏美の姿を見かけて大きく手を振る。

だけど夏美は私に気付くことなく、遠くにいた友達の元へと走って行ってしまった。

聞こえなかったのかな？

一瞬目が合ったような気がしたんだけど……気のせいだったのかな？

数日前、夏美からメッセージをもらっていたことを思い出し、教室に戻ってから返事をしてみた。

だけど放課後になっても返信どころか、既読がつくことさえもなかった。

いつもならすぐに返してくれるのに、変だなぁ。

何かあったのかな。

そういえば、相楽くんや生田くんと四人でショッピングモールに行った日あたりから夏美からの連絡が明らかに減っていた。

うーん、でもそれも私の思い過ごしかもしれないしなぁ。

翌日、廊下ですれ違い様に友達といる夏美を見かけた。

「あ、夏美……」

「それでね、放課後のことなんだけど」

私の言葉にかぶせるように、夏美が友達に笑顔を向ける。

私の声は聞こえたはずだ。

それなのに目さえ合わせてくれなかった。

ううん、聞こえなかっただけ。

きっと、そうだよね……？

その日一日話せるチャンスをうかがっていたけれど、夏美は私が声をかけようとするとあからさまに距離を取り離れて行った。

不自然なほどに避けられているのを、ひしひしと感じる。

いったい、どうして……？

私、何かしたかな？

相楽くんのこと……とか？

だけど、はっきりとはわからない。

もし何かあるのなら、ちゃんと言ってほしい。

放課後、夏美のクラスへ行きドアの近くにいた人に声をかけた。

「及川さーん、呼んでるよー！」

「はーい」

教室の窓際にいた夏美がこっちを振り返る。

夏美の長いポニーテールがさらりと揺れた。

目が合うといつもなら笑いかけてくれるのに、夏美は真顔で私を見ているだけ。

「夏美、あの……」

緊張して声が小さくなる。

聞こえていたかはわからない。

夏美はわざとらしく目をそらして、カバンを肩にかけた。

「夏美〜、早く行こー！　カフェの予約時間に間に合わなくなるよー！」

「あ、うん、今行くー！」

夏美は私がいる方とは反対のドアから、バタバタと慌ただしく出て行った。

胸にひんやりしたものが流れてくる感覚がして、息が詰まりそうになる。

私、嫌われちゃったのかな……。

謝りたいけど、これ以上無理に関わっても余計に避けられるだけかもしれない。

だったら、何もしない方がいいのかも……。

これ以上どうすることもできなくて、トボトボ帰路についたのだった。


五月下旬の体育祭当日、まさにそれにピッタリの晴天で、青々とした空が広がっていた。

毎年体育祭は優勝賞品があるから盛り上がるらしく、どのクラスも競技の時は声援がすごい。

「行けー、頑張れー！」

午前最後の種目であるクラス対抗リレーは、一番の盛り上がりを見せている。

「次、アンカーの相楽くんだよ！　しっかり見なきゃすみれも」

興奮気味に私の肩をバシバシ叩く瑞希ちゃん。

「いてて」

「ごめんごめん、つい興奮しちゃって」

瑞希ちゃんに言われる前から私の視界には相楽くんの姿がある。

見つからないようにこっそり目で追いかけていたからだ。リレーのトラックの中で走者を待つ相楽くんは、赤いハチマキを巻いたクラスメイトからバトンを受け取り、走り出した。

うちのクラスは現在三位だ。

「行けー、潤！　全員ぶち抜けー！」

生田くんが大声で叫んだ。

相楽くんはそれに応えるようにぐんぐんスピードを上げて距離を詰めて行く。

無駄のないきれいなフォームで前だけをまっすぐに見つめ、ただひたすら足を動かす相楽くん。

一人追い抜くと大きな歓声が上がった。

あと一人……あと一人だ。

気付けばみんなが息を呑み、ハラハラしながら行く末を見守っている。私もいつの間にか拳を握っていた。

頑張れ、相楽くんならいけるよ。

最後の一人を抜いた時、ワーッと拍手が起こった。

それと同時に、ものすごくドキドキした。

「ねぇ、やばい、めちゃくちゃカッコよくない？」

「わかる！」

「カッコいいよね！」

きゃあきゃあ騒ぎ立てるみんなの中に入っていけず、ただ呆然と応援席に座り込む私は、周りから見たら異様だっただろう。

楽しみにしていた学校行事のはずなのに、なぜだろう、心が浮かない。

原因は明らかで、あの日からずっと夏美のことが引っかかっている。

夏美のことがなかったらきっと、私もみんなと同じように喜べたはず。

複雑な気持ちを抱えながら迎えたお昼休み。

教室にお弁当を忘れてしまったことを思い出し、瑞希ちゃんに言って一人教室へと向かった。

照り付ける太陽が眩しくて、私は思わず目を細める。

まだ五月なのに外は真夏日みたいに暑くて、じっとしていても汗をかくほどだ。

少しでも早く教室にたどり着きたくて、中庭を通ってショートカットしようと思ったのがだめだったらしい。

中庭から教室に繋がる入口のところで、相楽くんと夏美の姿を見つけた。

引き返そうかとも思ったけれど、相楽くんと目が合ってしまい、それもできなかった。

二人が並ぶ姿を見て、やっぱりお似合いだなと思う。

ゆっくり近付いて行くと、夏美も私に気が付いた。

ドクンと嫌な音を立てる鼓動。

夏美に嫌われているかもしれないという事実が、胸に重くのしかかる。

どうしてこんなことになってしまったんだろう。

胸がギュッと押し潰されそうになって、私は拳を強く握った。

ああ、もう嫌だ、すごく気まずい。

早く通り過ぎてしまおう。

そう思い、スピードを上げる。

「そうだ、桜田」

不意に相楽くんに声をかけられ、ビクッと肩が揺れた。

「な、なに？」

夏美の顔は見られなかった。

夏美もまた私から目を背けて、うつむいてしまったようだ。

「さっき担任が捜してた」

「あ、うん、わかった。ありがとう」

さっさと立ち去ろうとすると、相楽くんは私と夏美の間にある変な空気を感じ取ったのか、無言で私たちの顔を交互に見てきた。

「何かあったのか？　変だぞ」

「別に何もないよ。じゃああたしはこれで！」

夏美は笑顔で手を振り、そそくさと逃げるように行ってしまった。

やっぱり思い過ごしなんかじゃない……避けられている。

理由はよくわからない……。

「私、何かしちゃったのかなぁ……」

独り言のようにつぶやく。

相楽くんにこんなことを言っても仕方ないのにね。

ああ、やだやだ、ウジウジしたくない。

相楽くんにも、こんな姿を見せたくない。

「相楽くんはお父さんみたいに将来は医者になるの？」

話題を変えたくて、でも思い付かなくて。

結局そんな当たり障りのないことしか聞けなかった。

「なに、いきなり」

「いやぁ、どうなのかなって」

「医者なんてくだらないものに誰がなるかよ」

いつも以上にやけに冷めた声だった。

冷たい空気があたりに漂う。

「くだらなくなんかないよ。命を救ってくれる存在だもん。実際お母さんも、相楽くんと相楽くんのお父さんに助けられたしね」

「俺は……なんねーよ」

そう言った相楽くんの声には、少しの迷いがあるように聞こえた。

「そういえば相楽くんの夢はプロのバスケ選手なんだっけ……」

前に夏美がそう言っていたような気がする。

でも今の相楽くんからは、バスケのバの字も浮かばないほど、馴染みがないように見える。

「くだらないな、夢なんて」

「そう、かな？　叶う叶わないは別として、なりたいものがあるって、いいことだと思うけど」

「じゃあ桜田は？」

「え？」

「夢って、あんの？」

「私？」

まさか聞き返されるとは予想もしていなかった私は、黒い影が目の前を覆う感覚に見舞われた。私が夢を叶えられる確率はどのくらいなのだろう。

「ない、かな」

「人に聞いておきながら自分はないのかよ」

「あはは、そうだね」

今の私には愛想笑いすらつらくて、うまく笑えたかどうかはわからない。

ピクピクと引きつる頬に必死に力を入れ続けた。

第五章　～太陽に君を映して～

カーテンの隙間から眩しいくらいに太陽の光が射し込む部屋の中で、珍しく休日に早起きをした私は勉強机に座ってノートを開いた。

六月初旬、朝と夜は肌寒いけれど、日中は半袖でも過ごせるくらいの夏日が続いている。今日も例に違《たが》わず、日中は暑くなりそうだ。

「うーんと……」

私はノートにペンを走らせた。

31．夏美とケーキバイキングに行きたい
32．駅裏の喫茶店にも行きたい
33．ちゃんと話したい
34．何かしたのなら謝りたい
35．動じない心を持つ
36．当たり前の日常が続きますように
37．……

そこまで書いたところで手が止まってしまった。

いくら続きを書こうとしてみても何も浮かばなくて、ノートの上でくるくるとペンを遊ばせる。

たとえば将来の夢だとか、未来のことだとか、そういった類《たぐい》のことは書かないようにしている。

叶う可能性が高いのは今を生きる私の願いだけだから。

だからこそ、自分の今の心境がリアルに反映されてしまう。でもこれでいい。

きっとそれが、私の生きた証になる。

「いっか、ここまでで」

続きはまた今度、思いついた時にでも書こう。

「すみれ、ご飯よー！　起きてるー？」

「はーい！」

階下からお母さんに呼ばれて、ノートを閉じて引き出しにしまった。

お母さんは経過も順調で思っていたよりも早く退院することができた。

すっかり体力が落ちてしまっていたけれど、お父さんと私で手伝えることは協力しながら、なんとかやってきた。

母は強しっていうけれど、一週間もすればすっかりいつもの日常が戻ってきた。

お母さんが家にいるという当たり前の日常が当たり前じゃないことを、今回の入院を通して身にしみて実感した。

だから毎日を大切にしなくちゃいけない。

無駄な日なんて、きっと一つもないのかも。

いつどこで誰がどうなるかなんて誰にもわからない。

お母さんが無事で本当によかった。

「相楽くんは今日何時にくるの？」

トーストをかじっているとお母さんが声をかけてきた。

「お昼前って言ってたよ」

「腕によりをかけて作らなきゃね」

なぜだか意味深な笑みを浮かべるお母さんは、昨日から相楽くんが遊びにくるのをとても楽しみにしている。

「すみれも一緒に作る？　その方が相楽くんも喜んでくれるんじゃないの？」

「ぶっ、ごほっ」

パンが喉に詰まって思わずむせた。

「な、何言ってんのっ、そんなわけないでしょ」

この前リストに『お母さんと一緒に料理をする！』とは書いたけれど、さすがに今日は照れくさい。

「うふふ、そうかしら？」

何を勘違いしているのかはわからないけど、お母さんはからかうように笑う。

「お、お母さん、すみれにはまだそういうのは早いんじゃないか？　な、すみれ」

「あら、今時の子は彼氏がいる子の方が多いんでしょ？」

「か、彼氏!?　すみれ、そうなのか？」

お父さんがテーブルから身を乗り出して私に詰め寄る。

「もう、二人とも変なこと言わないでっ」

気まずさを感じて、プイとそっぽを向いた。

「すみれもそういう年頃になったのね」

「なっ……だから」

そういうんじゃないんだってば。

「この前まであんなに小さかったのに、大きくなったなぁと思っただけよ」

しみじみとそう話すお母さん。

恐る恐る振り返れば、涙目のお母さんがそこにいた。

「な、何泣いてるの？」

やめてよ、そんなの反則だ。

「ごめんね、すみれが生まれた時のことを思い出しちゃって」

「ああ、ひどい嵐の夜だったね」

お父さんまでもが洟《はな》をすすった。

「ええ、お父さんったらカバンも持たずに大慌てで会社からタクシーに乗って、病院にきたのよ。支払いを忘れてタクシーの運転手さんが追いかけてきちゃって、大変だったわ」

クスクス笑うお母さんの隣でお父さんが頭をかいた。

「あの時はすみれが無事に生まれたかどうか気が気じゃなかったんだよ」

お腹の中にいる頃から心臓の病気がわかっていたらしく、産後、何があっても対応できるように大学病院での帝王切開で私は生まれたらしい。

帝王切開の予定日よりも早くに陣痛がきてしまい、動けなくなったお母さんは救急車で病院に運ばれたようだ。

当時仕事が忙しかったお父さんは、お母さんに陣痛がきてからもなかなか会社を出られず、病院に着いた頃には私はすでに生まれた後だったんだとか。

「無事に生まれてくれてホッとしたのを覚えてるよ」

「そうね。でも、お父さんったらその後風邪引いちゃって。なかなか熱が下がらなかったのよね」

「おいおい、そんなことまで覚えているのか。忘れてくれよ」

仲睦《むつ》まじい二人の姿に温かいものが込み上げる。

数年後、長くて10年、そう遠くない未来に私は二人を悲しませてしまうかもしれないんだ……。

余命宣告された時の二人の悲痛な姿が蘇り、胸が痛んだ。

そんな私の心情を察したのかはわからないけれど、お母さんが「さ、準備しましょ！」と明るく言ってキッチンに立つ。

「すみれも少し手伝ってー！」

そう言われ、残りのトマトを口に運び食器をシンクへと運んだ。

「ハンバーグをお願いしようかしら」

事前に本人に調査した結果、ハンバーグはどうやら、相楽くんの好物らしい。

お母さんってば、わざとだ。

「ほらほら、早くひき肉を冷蔵庫から出して」

なんだか楽しそうなお母さんの声に、まぁいっかと思いながら冷蔵庫を開ける。

玉ねぎとにんじんとピーマンをみじん切りにして炒めたものと、塩コショウ、卵、繋ぎの長芋をすってひき肉と混ぜ合わせ、粘りが出るまで手でこねる。

形を作ってお皿に並べたら、後は食べる前に焼くだけ。

お母さんは私が一品作る間にポテトサラダ、にんじんグラッセ、フライドポテトと、どんどん完成させていく。

ふと時計を見ると、約束の十五分前になっていた。

あー、なんだかそわそわする。

男子が家に遊びにくるなんて、初めてのことだ。

ピンポーン。

約束の五分前にインターホンが鳴った。

き、きた……！

心臓がありえないほど大きく飛び跳ねて、あっちこっち行ったり来たり。

「い、いらっしゃい」

学校だと普通にできるのに、声がうわずってしまった。

相楽くんはスラッとした黒いパンツに、白いTシャツを合わせたシンプルな服装。

どんな格好をしても、よく似合っていておしゃれだ。

「あ、どうぞどうぞ。遠慮なく上がって！」

「なに緊張してるんだよ」

いつもと変わらない様子の相楽くん。

「だ、だって、なんだか新鮮なんだもん」

それにこの状況で緊張しないわけがない。

「ようこそ、いらっしゃい」

「やぁ、よくきたね」

リビングへ通すと満面に笑みを浮かべた両親が相楽くんを歓迎した。

おもてなし料理は事前に調査していた相楽くんの好物ばかり。

「お邪魔してすみません、これ、つまらないものですが」

そう言って相楽くんは手にしていた紙袋をお母さんに差し出した。

「まぁ、ごめんなさいね、気を遣わせてしまって。こちらがお礼をしなくちゃいけない立場なのに」

「いえ、受け取ってください」

両親の前で相楽くんはきちんと受け答えしていた。

爽やかスマイルまで浮かべて、こんな対応ができることにびっくりだ。

「さぁ、食べましょ。たくさん用意したから、いっぱい食べてね」

それからみんなで食卓についた。

相楽くんの無愛想振りはどこへやら。

静かな食卓になるかと予想していたけれど、テンションが上がり気味のお父さんが相楽くんにたくさん話題を振って、相楽くんもまた、そんなお父さんにきちんと答えていた。

「そのハンバーグ、すみれが作ったのよ」

相楽くんがハンバーグを食べようとした時、お母さんがそんなことを言い出した。

「よ、余計なこと言わなくていいからっ。気にせず食べてね、相楽くん」

ハンバーグをじっと見つめる相楽くんにドキッとする。

気にせず食べてねなんて言ったけど、相楽くんがハンバーグに手を伸ばした時から緊張が止まらない。

「うまっ」

ドキッ。

「ああ、そうだな、すみれが作ったハンバーグは世界一美味しいなぁ」

お父さんに言われるよりも、相楽くんに言われた方が何倍も嬉しい。

ドキドキして落ち着かないのは、隣にいる相楽くんのせいだ。

「あ、そうそう、相楽先生には以前にもお母さんがお世話になってね。すみれがまだ五歳の時だよ。その時も相楽先生には命を救われたんだ。本当に感謝しているよ」

二度もお世話になっているなんて、私より症状は軽いって言ってたのに……。

「医者って素晴らしい仕事だよね」

「そうですかね。俺にはわかんないです」

『医者なんてくだらないものに誰がなるかよ』

くだらないって、前に言っていたのを思い出した。

「僕は医療機器メーカーの製造部門で働いているんだけど、直接患者さんと接することはほとんどないんだ。でもお医者さんはちがう。常に多くの患者さんと向き合っている。僕たちの作った医療機器が彼らの手によって多くの患者さんを助けるのに役に立っているって考えたら、直接関わりはなくても、とてもやりがいのある仕事だと思ってる。だからね、今はわからなくても、きっとわかる日がくる。僕はそう思いたいなぁ」

ニコニコと話すお父さん。

「そう、ですね。いつか、そんな風に思える日がきたらいいなと思います」

本心なのかはわからないけれど、相楽くんはそう返事をした。

相楽くんがやたら応急処置に詳しいのは、医者であるお父さんの影響が強いからなのかな。

小さい頃から教え込まれていたとか？

楽しい雰囲気でランチタイムは終わった。デザートはお父さんが作ったノンカフェインのコーヒーゼリー。

相楽くんは美味しそうに全部平らげ、それを見たお母さんは「やっぱり男の子はいいわ。作りがいがあるわね」なんて嬉しそうだった。

「案外普通の部屋なんだな」

お父さんの提案で相楽くんを二階の私の部屋に案内することになった。

「あ、あんまりジロジロ見ないで」

とてつもなく恥ずかしくて落ち着かない。

緊張を紛らわせるために何か話題……！

「なんだかお父さんがいろいろとごめんね」

「なんで？　いい親じゃん」

ラグの上に腰をおろしながら、相楽くんが答える。

「そうかな？　怒ると怖いよ」

私もそんな相楽くんの向かい側に座った。

「そりゃあな。どこの親もそんなもんだろ」

「じゃあ相楽先生も？」

「さぁ。俺のとこは無関心だから」

「無関心……って、そんなことないでしょ」

「仕事仕事でほとんど家にいねーもん。怒られた記憶どころか、家ではレアキャラ的存在」

「まぁお医者さんは忙しそうではあるよね。それにしてもレアキャラって親に向かってそんな言い方はないんじゃないかな。

「それ以前の問題だな」

「うん？」

わからなくて首をかしげる。

どういう意味だろう。

「双子の兄弟の出来がちがいすぎて、どちらか一方に親の期待が過剰になるって話」

「えっと、それって相楽くんは期待が過剰でなかった方だってこと？」

だから無関心だって言いたいのかな。

普段深い話をするような仲ではないから、自分のことを話してくれるのは純粋に嬉しい。

二人きりだということもあり、つい突っ込んで聞いてしまった。

だけど興味本位ではなく、好きだから知りたいのだ。

「親からの期待なんてプレッシャーでしかないんだから、過剰じゃない方がいいんだよ。

そしたら自由にだってなれるしな」

「じゃあもしかして、相楽くんは期待されてた方？」

「………………」

無言で何も答えようとしない相楽くん。

しばらく虚ろな目でどこかを見ていたかと思うと、「さぁ、どうだろうな」とボソリと答えた。

相楽くんの気持ちも考えず、深く突っ込みすぎたかな。

「あの、ごめんね、変なこと聞いて。あ、この漫画知ってる？」

話題を変えたくて、私は立ち上がって本棚から漫画を取った。

「どれ？」

「！」

振り返った私は、相楽くんがいつの間にか真後ろに立っていたことに驚く。

息遣いがすぐそばに聞こえて、恥ずかしさでいっぱいになった。

「ち、近いよ……」

カーテンの隙間から風が吹き込んで、相楽くんの柔らかい髪を揺らす。

「え、ああ……」

至近距離で目を合わせていられなくて、とっさに顔を伏せる。

すると相楽くんがクスッと笑ったのが気配でわかった。

「照れてんの？」

「なっ……！」

言い当てられてパニック状態。

胸のドキドキが大きくなって、聞こえてしまうんじゃないかと不安になった。

「て、照れてなんかないよ！」

「焦ってるってバレバレだけど？」

顔を上げるとイジワルな笑みを浮かべる相楽くんがいた。

知らなかった、こんな顔もするんだ。

初めて見る顔にドキドキが加速していく。

こんなの相楽くんの思うツボじゃん。

だから落ち着け、私の心臓。

大きく息を吸ったり吐いたりして深呼吸を繰り返す。

「あ」

相楽くんの視線が勉強机の上に向けられる。

「な、なに？」

「休みの日にまで勉強してんの？」

「え、あ。違うよ、これはただのリストノートだから」

「リストノート？」

「うん、死ぬまでにやりたい100のことを書いてるの」

「死ぬまでにやりたいこと、ね」

ハッ、相楽くんのことたくさん書いちゃってるから、中を見られたら大変だ！

出しっぱなしにしてたのをついつい忘れていた。

まさか、相楽くんを部屋に入れるとは思っていなかったんだもん。

「まだ五十個ぐらいしか埋まってないんだけど、書いてることはくだらないことばっかりで！　海に行きたいとか、放課後に寄り道したいとか、学校の屋上に出てみたいとか、授業をサボってみたいとか」

「べつに、くだらなくないんじゃねーの？」

「え？」

「バカ正直でいいと思うけど」

「なっ……！」

クスクス笑われ、からかわれているんだとわかった。

「バカ正直って……ひどい！」

「今言ったことの半分は叶ってるな」

「え、あ、そういえばそうだね」

相楽くんと一緒に放課後に寄り道をして海に行った。

「どうせなら全部叶えろよ」

「でも屋上は厳しいよね、鍵がかかっているみたいだし。授業をサボる度胸もないなぁ」

私はそう言いながら手早く引き出しを開けた。

するとコロコロとキーホルダーの小瓶が転がってきた。

「っと」

きちんと奥に仕舞わないせいか、開けるたびに転がってくる。

「それ……」

「え？」

相楽くんの視線は小瓶をとらえていた。

そしてなぜか、驚いたように目を見開いている。

「さ、相楽くん？」

「いや、悪い、なんでもない」

そんな風には聞こえなかったけれど、これ以上追及しても何も言ってくれなそうだったので、深くは聞けなかった。

相楽くんが帰った後、私は赤ペン片手にリストノートを開いた。叶えたことは星印を付けよう。1から順番にチェックし番号に星印をつける。こうやってみると、ほとんどのことが叶っているのがわかった。


翌週の月曜日。

昼休みになり、瑞希ちゃんと向かい合ってお弁当を食べようとしていたところに相楽くんがやってきた。

「今から時間ある？」

「へっ⁉」

まさか相楽くんから声をかけられるなんて思ってなくて、マヌケな声を出してしまった。

「弁当持ってついてきて」

「え、あの、ちょっ」

それだけ言うと相楽くんは私の返事を聞かずにスタスタと教室を出て行こうとした。

「瑞希ちゃんごめん、今日は他の子と食べて」

「え、ちょっとすみれ？」

「ごめんね」

「後でちゃんと理由を聞かせてよね」

瑞希ちゃんは驚きながらも、笑って許してくれた。

一旦広げたお弁当をランチバッグに戻し、私は慌てて相楽くんの背中を追いかける。

私が来るのを待っていてくれたのか、すぐに追いつくことができてホッとした。

「ねぇ、どこ行くの？」

「ついてからのお楽しみってことで」

相楽くんは階段の方へと向かった。

二階、三階、四階と、私に歩幅を合わせながら上って行く。ゆっくりとはいえ階段は心臓に負担がかかる。息を切らす私を見て、相楽くんは休み休み歩いてくれ、時間をかけて五階の屋上の扉の前にたどり着いた。

「ここって、屋上?」

だけど鍵がなければ出られないはずだ。

そう思っていたら、相楽くんはなんとポケットから鍵を出して扉に差しこんだ。

「え、なんで鍵を?」

「屋上掃除担当した時に忘れ物したって言って借りた」

相楽くんがドアノブをひねると、ギーッといびつな音を立てながら扉が開いた。

日差しが眩しくて、思わず目を細める。相楽くんが屋上に出たので私も後に続いた。

「わぁ、広い」

周りをフェンスが囲んではいるが、広いせいか圧迫感はない。フェンスのそばに立つと、家の屋根が続いているのが遥か遠くまで見渡せた。

「景色がいいね!」

隣にいる相楽くんに興奮気味に声をかけると、フッと小さく笑われた。

「子どもみたいだな」

「だ、だって、屋上なんて初めてだし」

たとえからかわれているんだとしても、めったに見せてくれない笑顔に胸が熱くなる。

「これでまた一つ叶ったな」

もしかして、リストノートのこと？

私が言ったことを覚えていてくれたんだ？

「もしかして、協力してくれたの？」

なんで？

「まぁ、暇つぶしにいいかなって」

「暇つぶし……そっか」

覚えていてくれたのはもちろんだけど、手伝ってくれたことがたまらなく嬉しくて、私はフェンスをギュッと握ったまま、相楽くんの横顔から目を離せなかった。

この時間が永遠に続けばいい。ずっと相楽くんの隣にいたい。私を見てほしい。一緒にいると、どんどん欲張りになっている自分を自覚する。

バカだな、どれくらい生きられるかわからない私より、他の子とくっついた方が幸せになれるに決まってる。

そもそも最初から両想いになんてなれるわけがないのに、そんな考えが浮かぶなんてどうかしている。

恋をする資格がない私には、相楽くんとの幸せな未来なんてありえない。そう思うと、胸がズキズキ痛んでどうしようもなかった。

数日後、定期受診のため放課後に病院を訪れた。

「うーん」

診察室で検査データを手に眉をひそめる五十嵐先生。

「あまりよくないんですか？」

先生の向かい側で丸椅子に座る私は、恐る恐るそう訊ねる。

最近は体調がよく、すこぶる元気。

だから今日は問題なく終わると思っていた。

それなのに……。

「数値があまりよくないね。いつ入院になってもおかしくない状態だよ」

「そんな……こんなに元気なのに」

やっぱり私の病気は治らない、そう言われているようだった。

「入院は嫌です」

「そうだね。少しでも異変を感じたらすぐに受診すること。約束できるかな？」

「はい、わかりました」

内心ショックだったけれど、何事もないように振る舞った。

次に何かあったら確実に入院だろう。

長引いてしまったらそれだけ学校を休まなくてはいけなくなる。

ただでさえ学校に通えるのは夏休みまでっていう期限付きなのに、通えなくなるのは嫌だ。ふと相楽くんの顔が浮かんだ。

相楽くんにだって会えなくなる。それも嫌だ……。

いつもならお母さんも一緒だが私は一人で行くと言って診察にきた。

今日の結果を伝えたら、どんな顔をするかな。

心配させてしまうよね、きっと。

憂うつな気持ちで会計を済ませ、正面玄関へ向かう。

だけどエレベーターの前で自然と足が止まった。

奏くんは今も入院してるんだよね……？

相楽くんとここで会った日のことを思い出し、奏くんのことが頭によぎった。

どうしても気になってしまい、私は奏くんの病室の前までやってきた。

換気のためなのか、ストッパーによってドアは半分ほど開いている。

奥が広くなっている造りのため、ここからだと頭の方は見えず、ベッドの足元側がほんの少し見えるだけ。

奏くんとは直接の知り合いでもないし、勝手に入るのは気が引ける。

「奏……お願いだから、目を覚まして」

中から人の声がした。

きっとお母さんだろう。

「どうしてこんなことになっちゃったの……？」

人がいるとは思わなくて思わず身を引く。

その時腕がドアの取っ手に当たって大きな音を立てた。

「誰かいるの？」

しまったと思ったのもつかの間、相楽くんのお母さんがヒョイと顔を覗かせる。

「あら、あなたは」

目を丸くする相楽くんのお母さんは、どうやら私のことを覚えていたらしい。

「す、すみませんっ、いきなり。失礼します」

「待って」

慌てて立ち去ろうとしたけれど、呼び止められて足が止まった。

「潤のお友達よね？」

「あ、はい」

「この前はお見舞いに来てくれてどうもありがとう」

「いえ、とんでもないです」

「よかったら奏の顔を見てやってくれないかしら」

そう言われ、断ることはできなかった。

病室へ通され、言われるがまま二脚あるパイプ椅子のうちの一脚に腰をおろす。

奏くんはまるで今にも動き出しそうなほど穏やかな顔で眠っている。

頰は以前よりも痩《こ》け、外に出ていないせいなのか肌は真っ白だ。

「今にも目を覚ましそうでしょう？」

相楽くんのお母さんはにこやかに微笑んだ。

「はい」

本当にその通り。早く目を覚ましてほしい。そしたら相楽くんは苦しみから解放されるはずだから。

そしたら今よりは楽に生きられるようになるかもしれない。

「潤は学校でうまくやってるのかしら」

うまく……。

「えーっと……はい」

「そう、よかった。あの子ったら、昔から無口でほとんど自分の話をしないから」

相楽くんのお母さんはホッと胸を撫で下ろしたようだった。

「二人はそっくりでしょ？」

二人、それは相楽くんと奏くんのことを言っているんだとすぐにわかった。

「そうですね、私はこの状態の奏くんしか見たことはないですけど似てると思います」

「そうなのよ、親である私でさえ、間違えることが多かったの。小さい頃から何をするにも二人一緒で、本当に仲が良くてね。中学生になってからも、よく服の貸し借りまでして趣味も似ていたみたい。あ、そうそう、顔だけじゃなくて字もそっくりなのよ。数字の書き方だけ少し違ってね。角ばってるのと、そうじゃないのと。それくらいでしか違いを判断できなかったわ」

相楽くんのお母さんは過去を懐かしむように笑ってみせた。

確かに相楽くんの『6』は角ばっていた。

だとすると、奏くんが丸い数字を書く方ってことか。

「そんなに仲が良かったんですね」

だったら、相楽くんは相当ショックだったよね……。

「そうね……だけど、こんなことになってしまって……潤はますます無口になってしまった。好きだったバスケもやめてしまって心配だったんだけど、うまくやっているのならよかったわ」

相楽くんのお母さんもまた、二人がこんなことになって苦しんでいる。

寂しそうに笑う姿を見て胸が痛くなった。

「奏くんはどんな子だったんですか？」

「え？」

「すみません、いきなり。見た目がそっくりなのはわかったんですけど、中身はどうなのかなって」

「中身はそうねぇ、正反対だったわ」

相楽くんのお母さんはしばらくしてから少しずつ話してくれた。

「奏は明るく元気で、小さい頃は『どんな病気も治すお医者さんになる』なんて言って、立派な救命医を務める父親の背中を見て育ったのよ。主人ったら子どもたちにいざという時の応急処置なんかも張り切ってレクチャーしちゃって、よっぽど嬉しかったのね」

笑顔まじりに話す相楽くんのお母さん。

相楽くんのことを話す時とは表情も声も違っている。

医者になりたかった奏くんは、両親から期待されていたのかもしれない。

ということは相楽くんは……。

「潤は外で体を動かすのが好きなタイプで、奏はどちらかというと家で静かに本を読んでいるタイプだったわね。って、ごめんなさい、奏のことばかり。つい喋り過ぎてしまったわ」

「い、いいえ、そんなっ」

どちらも私には息子を心配する母親の姿に見えた。

比重が違うだけで、相楽くんだって期待されていないわけではないと思う。

相楽くんの夢は今はわからないけれど、プロのバスケットボール選手になること。

だけどどうしても私には相楽くんとバスケが結び付かない。

『きっときみの病気も治すから』

その時ふと夢の中の男の子の言葉が頭をよぎった。

『僕、将来パパみたいなお医者さんになるのが夢なんだ』

夢の中でそんなふうに言っていた男の子。

目を閉じると浮かんでくるリアルな光景。

靄がかって見えなかった男の子の顔が、私の中で奏くんのものと重なった気がした。

六月も中旬に入り、どんよりした空気が漂う。

「こっちだ、こっち！　パスパス！」

「行けー！」

体育館の隅っこで三角座りをしながら、目の前で繰り広げられる接戦を眺める。

あれから奏くんのことを考えてボーッとしてしまっている。

きっと夢の中の男の子は奏くんだったんだ。

確信はないけど、そんな気がする。

こういう時の勘って、なぜか当たるんだ。

だけど何かしっくりこないというか、喉に小骨が刺さったような小さな違和感がずっと消えない。

「いけっ、そこだ潤！」

体育館中に響き渡るほど大きな生田くんの声がした。

男子はバスケ、女子はバレー。

コートを半分ずつ使ってチーム毎に順番にプレイしている。

「だーっ、惜しいっ！」

相楽くんはドリブルしながらゴール付近まで走ったものの、ディフェンスに邪魔をされ、離れた場所からシュートを放った。

けれどそのボールはゴールのフチに当たって跳ね返った。

「おーい、前のお前なら余裕で入っただろー！　感覚鈍ってんじゃん！　動きも悪いぞっ！　元エース！」

同じコートの中で悔しそうに髪をかきむしる生田くん。

体育の授業でさえも夢中になるほど、バスケのことに関しては熱いようだ。

『前のお前』か。

生田くんの口ぶりからすると、相楽くんは相当バスケがうまいんだと予測できる。

でも今の相楽くんは私から見ても普通というか、生田くんの方がよっぽどうまいように見える。

そんなにすぐ感覚って鈍るものなのかな。

それともバスケが嫌いになった、とか？

もうしたくないと思ってるから、態度にも現れちゃうの？

「あぶないっ！」

へっ……!?

「避《よ》けてっ！」

ざわつく声がしたかと思うと、ボールがこっちに飛んできていることにようやく気が付いた。

「っ！」

避ける間もなくボールは私の顔面に直撃した。

その瞬間顔全体にものすごい衝撃が走って、私はとっさに鼻を手で押さえた。

「すみれ、大丈夫!?」

近くにいた瑞希ちゃんが飛んできて私の顔を覗き込む。

「な、なんとか……」

鼻が思いっきりジンジンして自然と涙目になった。

たらりと何かがつたってくる感覚もする。

「や、やだ、血……血が出てるよ！」

「へっ……？」

血……？

鼻を押さえていた手をそろりと外すと、指先が真っ赤に染まっていた。

「ほ、保健室行こ、保健室！　あたしが連れてってあげる。そうだ、先生にも言わなきゃ！」

「だ、大丈夫、一人で行けるから瑞希ちゃんは残って？」

当然のように付き添ってくれようとする瑞希ちゃんに笑顔を見せる。

次瑞希ちゃんたちの順番が回ってくるし、授業の邪魔をしちゃ悪いもんね。

「でも……」

「あー……っと、とにかく行ってくるね」

「じゃああたしは先生に説明しとくね！」

「ありがとう」

鼻血がどんどんあふれてきて、手拭《てふ》き用のミニタオルで押さえながらゆっくり歩いて保健室へ向かった。

「失礼します」

ドアを開けて中へ入る。

「先生？」

呼びかけてみたけれど室内には先生の姿が見当たらない。

三カ所あるうちのベッドの一つにカーテンが引かれていた。

どうしよう。

とりあえず水道をかりて血を流そう。

そう思い、手洗い用の水道で手と顔を洗った。

血は一向に止まる気配がなく、どんどんあふれてくる。

「ど、どうしよう……」

ミニタオルも血まみれで、他に何か押さえるものはないかとあたりを探す。

「えーっと……ティッシュ、ティッシュは……」

「右奥のテーブルの上」

え？

疑問に思ったものの、鼻血が流れてきてそれどころではなくなった。

右奥……テーブルの上。

あ、あった！

ティッシュを三枚取って鼻に当てる。

声がした方を見ると、カーテンの隙間からちょうど人が出てくるところだった。

「な、なちゅみ……」

鼻を押さえながらだったからうまく言えなかった。

寝てたのかな、トレードマークのポニーテールが今日はおろし髪スタイルだ。

「邪魔してごべんね……」

かなり気まずくて笑ってごまかす。

だけど夏美は目線を左側に向けたままで、私と目を合わせようとしない。

「ご、ごべん、すぐに出てくから」

鼻の適当なところを押さえていたせいか、血が止まらず、ティッシュを赤く染めていく。

鼻血なんて出たことがないから対処の方法がわからない。止まるまで根気よく待つしかないのかな。

「わっ」

ポタッと血が床に落ちた。

ど、どうしよう……。

「そこに座って」

「へっ？」

「いいから」

「あ、うん……」

強引に言われて丸椅子に座る。

すると夏美が寄ってきて私の鼻筋を親指と人差し指で押さえた。

「キーゼルバッハ部位って言って、ここを押さえないと止まらないんだよ」

「あ、ありが」

「いいからじっとしてて」

上を向こうとして止められた。

しばらく無言の時間が流れて緊張感だけが漂う。

かなり気まずい……。

でも、こうして助けてくれた。

見てみぬフリができないなんて、親切な夏美らしい。

「あの……私、何かしちゃったのかな？」

喋ると口の中に血の味が広がった。

顔をしかめると「ほら、喋っちゃだめ」とたしなめられる。

かれこれ五分ぐらい経ってから鼻血は完全に止まった。

「まだ出やすいから体を温めたり、激しい運動はしない方がいいよ」

「す、すごい、ありがとう！　よく知ってるね」

「あたしもよく鼻血出してて、そのたびに奏が対処してくれたから覚えちゃった」

そっか、奏くんが……。

「今だから言うんだけど」

次にそう切り出したのは夏美だった。

なんとなく顔を上げることができなくて、視線を斜め下に向けたまま話を聞く。

それに、目を合わせたら夏美はこれ以上話してくれないような気がした。

「あたしがすみれに近付いたのは、潤と仲が良さそうだったから……なんだよね」

「え？」

そう、だったんだ……。

「潤って女子には本当に無関心で……すみれと一緒にいるのを見た時はびっくりしちゃったくらい」

どんな顔をしているのかはわからなかったけど、夏美の声は苦しそうだった。

「それで、どんな子なのかなって思って声をかけたの。あたしの知らないところで、二人がどんどん仲良くなるのが怖かったんだよね……」

「…………」

「大丈夫、まだ大丈夫、あたしとの方が仲良いんだからって無理やり自分に言い聞かせて、必死に心を保とうとしてたの。でも……すみれと潤が二人で電車に乗って出かけようとしてるのを見た時、足元から何かがガラガラ音を立てて崩れていくような気がしたんだ」

どんどんか細くなっていく声に、私の胸も締め付けられた。

途切れ途切れになりながら、夏美は自分の気持ちを素直に話してくれた。

「応援してくれるって言ってたのに、なんで？　もしかして、すみれも潤を？　潤だって、すみれのこと……考え出したら止まらなくなって、気付いたらすみれを避けるようになってた……」

「わ、私は……っ」

そんなつもりじゃなかったのに……。

でも相楽くんのことを好きなのは事実。

夏美のことを応援するって言ったのに、そうできない自分がいて……。

心の奥底では、嫌だったんじゃ……？

それどころか二人きりですごせて嬉しかったし、ドキドキした。

「あ、あの……私……」

何をどう言えばいいんだろう。

こんなこと、どう言えっていうの。

最低だ、私……。

唇をキュッと噛みしめる。

「いいよ、何も言わなくて。あたしだって、牽制《けんせい》の意味を込めて無理やりすみれに応援をお願いしたんだし」

「…………」

「嫌だったよね？　そんなんで人の気持ちは止められないのに、あたしってバカだよね。だからね、これからは自分のことは自分で頑張るって決めたんだ」

夏美がフッと微笑む気配がした。

「今まで……ごめんね」

「な、夏美が謝ることなんて……」

何もない。全部私が悪いんだ。

「私は相楽くんとは何も……」

「ううん、もういいの。それにね、なんだか最近自分の気持ちがよくわからなくなっちゃって。だからあたしが前に言ったことは忘れて？」

夏美とはもうこれっきりになっちゃうのかな。

そんなの、嫌だよ。

これまでたくさんやり取りしたり、一緒にカフェに行ったり、ダブルデートしたり、思い返すとどれも楽しかった記憶ばかり。

「もう関わったりしないから……本当にごめんね」

「な、夏美は悪くない……悪いのは私だよ」

立ち去ろうとする夏美の腕を無意識につかんだ。

「私……私が、悪いから。だから、もしも夏美が許してくれるなら……」

迷惑かもしれないし、夏美はもう私とは関わりたくないのかもしれない。

それでも私は……っ。

「また前みたいに仲良くしたいよ……っ」

だって夏美が見せてくれた姿や態度は、どれもうそ偽りなんてなかった。

ありのままで私に接してくれていたんだってわかるから。

私の勝手な願望だけど、まだ間に合うのなら、もう一度仲良くしたい。

「血……」

「へっ⁉」

無意識に夏美の視線の先を辿る。

「わぁ、ご、ごめんっ！」

私はあまりにも必死すぎて、血が付いてる方の手で夏美の腕をつかんでいた。

腕が真っ赤になっているのを見て、慌てて手を離す。

「ほ、本当にごめんね！」

「ぷっ」

何がおかしいのか、緊張が解《ほぐ》れたように夏美が笑い出す。

「あはは」

「な、夏美……？」

「いや、ごめん、なんか必死なすみれ見てたら、気が緩んじゃって。大丈夫だよ、これくらい洗えばすぐ落ちるから」

私、そんなに必死だったんだ。

夏美を失うかもしれないって思ったら、居ても立ってもいられなかった。

「避けてたこと、許してくれるの？」

さっきまでとは打って変わって、弱々しい表情を浮かべる夏美。

「そんな、許すも何も私が悪いんだし」

「ううん、すみれを傷つけちゃったよね。こんなあたしと、まだ仲良くしたいと思ってくれるの……？」

「も、もちろんだよ、まだまだ色んな話もしたいし」

「………」

次第に夏美の目が潤んでいった。

「あたしも……これからもすみれと色んな話がしたい」

「うん、うん……っ」

ポロポロと涙を流す夏美を見て、私までもらい泣きしてしまいそうになる。

「ふふ、ごめんね。とにかく手を洗わなきゃ」

「そうだね」

まだ少しぎこちなさはあるものの、顔を見合わせて笑い合う。

「そういえば、夏美はなんで寝てたの？」

体調が悪いのだとしたら、申し訳ないことをしちゃった。

「月一の女の子の日だよ。三日目が一番重いんだ。横になってたらずいぶん楽になったから、もう大丈夫」

私の表情から察したのか、夏美は明るく言って笑った。

黙っているのはフェアじゃないから、夏美に本音を言うべきだろうか。相楽くんが好きだって。

夏美は私以上に相楽くんの色んな顔を知ってると思うと、なんだかひどく落ち込んでしまう。

無愛想だけど優しいところも、口角を上げて小さく笑う顔も、無表情で何を考えてるかわからないところも、全部、私だけが知ってる相楽くんだったらいいのに。

夏美は明るくて優しいし、私なんかよりもずっと相楽くんとお似合いだって理解してるのに……。

相楽くんを独り占めしたいと思ってしまう。

「実はね……あたし、奏が事故に遭う直前に潤と二人でいたんだ。あたしから告白っぽいこともして、潤もあたしにそれらしいことを言ってくれたんだけど」

夏美はそこまで言って言葉を詰まらせた。

二人の間に何があったのかはわからないけれど、胸がキリキリ痛い。

「事故の直後から、まるで何事もなかったみたいな態度を取られちゃって……さすがにヘコんだんだけど、奏があんなことになったんだから仕方ないよねって自分に言い聞かせてたの。でも、すみれといる潤を見てたら、そうじゃないのかなって……きっと、それらしいことみたいに聞こえたのはあたしの勘違いだったんだよね……」

目を伏せ、夏美は涙を拭った。

「奏が事故に遭ってからの潤は人が変わっちゃったみたいで……あたしにも何も話してくれなくて、それがとてつもなく寂しくて……悔しかった。でも、すみれには心を開いているんだよね……なんであたしじゃないんだろう……」

聞いていて私まで胸が締め付けられた。

相楽くんは間違いなく夏美を大切に想ってる。

そこに恋愛感情があるかどうかはわからないけど、特別な感情があるのは明らか。

私の入る隙間なんてどこにもない、そう、どこにも……。それに将来どうなっているかわからない私には、恋をする資格なんてない。

指先で涙を拭いながら寂しそうに笑う夏美を直視できず、言葉が見つからなかった。

「ごめんね、いきなりこんな話をして」

「ううん。一つ言いたいんだけど、相楽くんは私に心を開いているわけじゃないよ。夏美のことが大切だから、きっと頼れないいんじゃないかな。弱さを見せたくないっていうか、大切な人の前では強い自分でいたいんだと思う」

だって私がそうだから。

相楽くんの前では弱さを見せられない。強がって、隠して、何事もないフリをして笑うんだ。

「夏美、私は相楽くんのこと、なんとも思ってないから」

「え、でも……」

「なんとも思ってないの」

自分の気持ちにうそをつくことがこんなに苦しいだなんて知らなかった。

何か言いたそうにしていた夏美だったけど、私が言い直したのを聞いて「そっか」と小さく頷いた。

納得してくれたのかはわからなかったけれど、これでいいんだ、これで。

私は何度も自分にそう言い聞かせた。


三日後、この日は朝から息苦しくて、ベッドから起き上がるとクラクラと激しいめまいがした。

この前の診察で数値がそこまでよくないって言われていたのを思い出す。

とうとうこの日がきてしまった。

どうしようもないくらいの落胆と虚無感が襲ってくる。

病院に行けば入院を免れないだろう。

あーあ、せっかく元気に過ごせていたのに……。

「普通に生活できていたのが不思議なくらいの数値だよ」

病院の診察室で五十嵐先生が目を丸くした。

「相当我慢してたんじゃないか？」

「いえ、そんなことありません……」

そりゃあ多少無理はしたかもしれないけれど、我慢できるレベルで、そこまで大げさなことじゃない。

「わかっているとは思うけど、入院になるからね」

「嫌だって言ったら？」

「すみれ、素直に先生の言うことを聞きましょ」

これまで何も言わなかったお母さんがそう言った。

嫌でも頭に浮かぶ【死】の文字。

いつもにこやかな五十嵐先生が真剣な表情をしていることからも、事は重大なんだと推測できる。

もしかして私はこの入院を最後に……いなくなるのかな。

少し歩くだけでも息苦しくて、足は浮腫んでパンパン、手足も冷たく体温を感じない。

いつ止まってもおかしくない心臓を抱えている今の私には、いったい何ができるんだろう。

ここまで悪かったら入院は長引くだろう。

学校の友達やクラスメイトにはほとんど病気のことを言ってなかったけど、長期の休みとなるとさすがに知られるだろうなぁ。

病気のことは詳しく話さないにしても、担任の先生もみんなに黙っていないはずだ。

みんなに知られるのは嫌だなぁ。

でも夏休みまでに退院できないかもしれないから、そのまま みんなに会うことなく引っ越しっていう可能性もある。

最悪の場合……【死】……。

ううん、考えるのはやめよう。まだ大丈夫、私は大丈夫。頑張って治療すれば症状は治まる。そしたらまた退院できる。

恐怖でカタカタ震える体を落ち着かせようと、息を吸ったり吐いたりを繰り返す。

そうしなきゃ心が壊れそうだった。

入院してから、利尿剤の注射が始まった。

息切れや動悸が激しいのでトイレにも行くことができず、尿道カテーテルを留置してのベッド上安静の指示があった。

体を動かすことさえつらく、寝返りを打つのもひと苦労だ。

疲労からなのか眠気がすごくて夢心地で一日を過ごした。

することがないので毎日ぼんやりテレビを観ながら過ごす。

『なんとT駅が10年かけて大規模なリニューアルを行うようです』

『10年かけてというのは本当にすごいですね』

ニュース番組での司会者とコメンテーターの会話が聞こえてきた。

10年後にリニューアルされる駅、か。

その時まで私は生きていられるのかな。先の見えない未来と明日の保証がない今の状態に、とてつもない不安が襲った。

それから一週間ほど経ったある日の午後、目が覚めるとベッドの傍らのパイプ椅子に誰かが座っていた。

ぼんやりと目に浮かぶ人影。

いったい、誰だろう……?

お母さん？

それにしてはシルエットが違い過ぎるような。

はっきり見えるようになると、私は思わず目を見開いた。

「な、なんで？」

どうして相楽くんがここに……⁉

どうやら本を読んでいたらしく、私が目覚めると栞《しおり》を挟んで本を閉じた。

ちらっと見えたタイトルから、ドラマにもなった医療ものの小説だということがわかった。

「さっきそこで桜田の母親に会って聞いた」

「ええ？」

お、お母さんが……？

病気のことを喋ったりしてないよね？

「体調崩して入院したって？」

相楽くんはどうやら詳しくは知らないようだ。

ううん、たとえ知ってても、相楽くんは無理に聞いてこない気がする。

お見舞いにきてくれて嬉しいって感じるのも、ドキドキするのも全部……相楽くんが好きだから。でもこの気持ちは伝えてはいけない。

これからいなくなるだけの私に、恋をする資格なんてないのだから……。他の子、夏美といる方が相楽くんは幸せになれる。

相楽くんも夏美のことを大切に想っているんでしょ？

そう考えると胸が苦しくて、張り裂けそうになる。

「桜田？」

「え、あ、ごめん。今回はちょっと長引きそうなんだ……」

「けど、顔色は良さそうだな」

相楽くんはそう言って安堵の息を吐く。

心配してくれていたのかな。

どうして……？

どんな些細なことにも理由を探してしまう。

期待なんてしていないはずなのに、私のことを心配してくれていたらいいのにと、そんな風に思ってしまう。

心の奥底では相楽くんの特別な存在になりたいと思う自分と、夏美と幸せになってほしいと願う自分がいる。

二つの感情が心の中でせめぎ合い、まるであの日の波のように寄せては引いて、引いては寄せてを繰り返す。それは出口のない迷路に迷い込んだかのようだった。

この一週間の入院で体はずいぶん楽になった。

トイレにも歩いて行けるようになり、ベッド上で安静の指示も解除され自由度は上がった。

あとどれくらいこんな日々を繰り返すんだろう。

回復するのかさえもわからない恐怖の毎日を……。

「バスケットコート、こっから見えるんだな」

何気なく外を見ていた相楽くんが言った。

そういえば最初に相楽くんを見かけたのはこの部屋の窓からだった。

「もうバスケはしないの？　夢はプロの選手なんでしょ？」

「夢とかくだらない」

「そう？　私からすると羨ましいなって思うけど」

この先ずっと続く未来があること、余命なんて気にせずに生きていられること、健康なこと、当たり前に明日がくること。

どれだけ望んでも今の私には手に入れられないものばかりで、だからこそ余計に輝いてみえる。

「生きてたら……なんでもできるじゃん。無限なんだからさ、人生は」

「無限、ね」

大人っぽくてどこか冷めてる相楽くんは、夢や人生を諦めてしまったかのような目をしている。

「私は相楽くんはバスケット選手よりも、お医者さんに向いてると思うな……」

手際の良さや冷静な判断力、どんな時でも的確な処置ができる対応力。

「あ、ほら、医療ものの小説も読んでたことだしさ」

って、小説は関係ないか……。

「そうだ、相楽くんのお母さんに聞いたんだけど、奏くんもお医者さんになりたかったんだって？　やっぱり双子ってそういうところも似るのかな」

そう言ったら、相楽くんは目を大きく見開いた。

「って、相楽くんは医者になりたいなんて言ってないか」

お医者さんになりたいのは奏くんだもんね。

「医者なんて、なんねーよ。だいたい奏なんて……」

独り言みたいにつぶやく相楽くんの声には、珍しく感情が込められている。暗い影が落ちてきたかのように見えた。

「中三に上がった頃から成績が落ち出したのがきっかけで一気に順位を落として、周りからのプレッシャーに耐え切れなくなった。緊張の糸がぷつんと切れたみたいに、たったそんだけのことで生きてく意味も自信も失くして挫折《ざせつ》した、ただの落ちこぼれだよ」

その口調から黒くて深い闇のような感情が込められているのがわかった。

「落ちこぼれって……言い方」

「いいんだよ、実際そうなんだから」

どうして奏くんのことをそんなに悪く言うんだろう。

「でも事故の時はかばってくれたんでしょ?」

「…………」

「いいお兄さんじゃん」

「……そんなんじゃ、ない。俺は……」

グッと唇を嚙みしめる相楽くん。

「ただ、羨ましかったんだ。周囲の目なんて気にせず、一目散に夢を追ってキラキラしてた『こいつ』が。俺には眩しくて、直視できなかった。親の目なんて気にせず、自由に生きられたらどれだけよかったか」

「……え？」

やっぱり相楽くんは親に期待されてたってこと……？

それにこの言い方、いったい誰の話をしているの？

奏くんのことだよね？

それなのに、まるで自分のことを言ってるよう。

相楽くんが言う『こいつ』って……？

奏くんが事故に遭って自分を責めてばかりいるんだと思っていたけど、違うのかな。

よくわからなくなって、頭が混乱する。

本当の相楽くんは、どこにいるの……？

あなたはいったい『誰』なの？

「自由だよ。どんな時だって私たちはみんな自由だよ。これからそういう風に生きればいいんだよ。生きてる限り、軌道修正はいくらでもできるんだから」

こんなのただのきれいごとだ。

でもなぜか言わずにはいられなかった。

相楽くんがそこまで切羽詰まっているように見えたからだ。

それに本音を話してくれているって伝わってきたから。

人は道を誤ってしまう生き物だ。

色んなことから逃げて、悩んで、もがいて、苦しんで、立ち止まる。

でも永遠に止まったままの人はいなくて、生きてる限りいくらでもやり直すチャンスはある。

変わりたいと思ったら人は変われる。

今は前を向けなくても、いつかきっとそんな日がくる。だから……。

「相楽くんには笑っていてほしいよ。後悔せずに自分の道を進んで、諦めずに夢を追いかけて」

私には……それができないから。

だからせめて相楽くんには、後悔しないように生きてほしい。

「いつか必ず、前を向ける時がくるはずだから……」

これって私のわがままかな。

でも、素直な気持ちだ。

「そんなのただのきれいごとだろ」

「きれいごと……確かにそうだよね」

雰囲気が重くならないように、あははと笑ってごまかす。

「その笑顔」

だけど、空気は余計に冷たくなった。

心臓がヒヤリとするほどの鋭い眼差しを向けられて、口角に入れていた力が抜ける。

「前から思ってたけど、胡散臭《うさんくさ》いんだよ」

胡散、臭い……。

「物わかりよく人にはそれなりのことを言っておいて、自分のことは全部諦めてますって顔してる」

「そ、そんな……私は……」

鋭くえぐられるような痛みが全身をかけ巡る。

「そんな桜田に俺の気持ちなんてわかんねーよ」

冷たくそう言い放つと、相楽くんはパイプ椅子から立ち上がった。

ヒュッと胸に冷たい風が吹く感覚。

鋭い目つきからは敵意を感じた。

「邪魔して悪かったな」

余計なことを言って怒らせたかもしれないと思うと、引き止めることができなくて、立ち去る相楽くんの背中を呆然と見ていることしかできなかった。


それからさらに一週間が経った。

入院生活も二週間が経つと、ずいぶん回復して時間を持て余すことが増えるのに、今回の入院では違っていた。

症状は落ち着いたのに、なんとなく体がスッキリしない。

ぼんやりしてたら一日があっという間に終わってすぐに次の日がやってくる。

胸のあたりがモヤモヤして、棘が刺さったまま抜けていないような感覚。

あれから毎日相楽くんのことが頭から離れない。

冷静になってみるとおせっかいなことを言い過ぎたと猛反省した。

きっとあの日、心配してお見舞いにきてくれたはずなのに……。

私は自分の考えを相楽くんに押し付けて怒らせてしまった。

それに、あの日相楽くんに言われた言葉がずっと頭から離れない。

「うん、数値もいいし、来週の半ばには退院できそうだね」

回診時、五十嵐先生がにっこり笑って私に言った。

あれほど望んでいた退院だったのに、どうしてだろう、心が浮かばず、なんの感情もわいてこない。

こんなのは初めてだ。

「あれ？　あまり嬉しくない？」

「そんなこと、ないです……」

本音を言えば嬉しいけど複雑だった。

『その笑顔、前から思ってたけど、胡散臭いんだよ』

『物わかりよく人にはそれなりのことを言っておいて、自分のことは全部諦めてますって顔してる』

胡散臭い、はさすがにショックだった。

全部諦めてますって顔してる……。

相楽くんの言う通りかもしれない。

最初から全部諦めて、求めなければ傷つかなくて済む。

夢も恋愛も、限られた自分の命だって……私は……いつしか諦めるようになっていたのだ。

退院したら学校に行かなきゃいけなくなる。

相楽くんに会いたいけれど、会いたくない……。

きっと嫌われちゃったよね。

鬱陶しいやつだって思われたのかもしれない。

それに瑞希ちゃんや夏美も心配してたくさん連絡をくれたから、会えば色々聞かれるだろう。

夏美には病気のことを話していないから、どう説明すればいいのかがわからない。

もしかしたら人づてに何か聞いて知ったかもしれないけれど、私の口からは言いたくない。

知られたくない。

この期に及んで私はまだ、特別視されたくないって思ってしまっている。

今でも私は『普通』に憧れているんだ。

学校に行くのがこんなにも憂うつだなんて自分でも信じられない。

相楽くんはあれから奏くんのお見舞いにさえきていないようだ。

それでも私は無意識に探してしまう、相楽くんの背中を。

「なんだかもう、色々わからなくなっちゃって。頭がいっぱいというか、何も考えたくなくて。なんであんなこと言っちゃったんだろう」

ああ、五十嵐先生にこんなことを話しても仕方ないのに。

「あるよね、そういう時って。わかるなぁ。そんな時は考えることをやめてみるのがおすすめだよ。だからそこまで思い詰めない方がいいんじゃないかな」

「そうできたらいいんですけど、知らず知らずのうちに考えちゃってて」

なんであんなこと言っちゃったんだろうとか、変なこと言わなきゃよかったとか、ネガティブな考えしか浮かんでこなくて余計にヘコむ。

「自分が思っているよりも、他人はそこまで重く受け止めていないもんだよ」

「いいえ、嫌われちゃったんです、きっと……」

「大丈夫だよ、もう一度ちゃんと話してごらん。そしたらわかることもあると思うよ」

何も話していないのに五十嵐先生はまるで全部わかっているかのような言葉をくれる。

もう一度話す度胸なんて私には……ない。

「忘れものはなさそうね」

「うん、大丈夫だよ」

退院の日の朝、なんとなくふわふわとした足取りで落ち着かないまま帰ることになった。

迎えに来たお母さんが室内の最終チェックをする。

確実に体は弱ってきている。万全とはいえない体調が、それを物語っている。

私に残された時間は、そんなに長くはないのかもしれない。

「本当にこのまま学校に行くの？」

せめて今日までは、しっかり休んだら？　そう言いたげだ。

「大丈夫、行くよ。無理はしないから」

「そう、わかったわ。具合が悪くなったらいつでも連絡しなさい」

「うん、ありがとう」

心配はしているんだろうけれど、お母さんは私にあれこれ言わなくなった。

『私』自身を尊重してくれている。それが嬉しかった。

ミーンミンミンミン。

校門前まで送ってもらい、車を降りると無数の蟬の鳴き声がした。

もうすっかり夏だなぁ。

それにしても蒸し暑い。汗がダラダラ流れてきた。

七月上旬で夏休みの引っ越しを考えると学校に通えるのもあとわずか。

学校の校門をくぐるのも、うるさいくらいの蟬の鳴き声を聞くのも、この制服を着るのも数えるほどだと思うと、今この瞬間がとても貴重な時間に思えた。

しっかり胸に刻み込もう。

忘れないように、前だけを向いていられるように。

私は大丈夫、まだ大丈夫。そう言い聞かせて廊下を歩く。

ちょうど一時間目の授業が終わったところだったので、周囲は賑やかだ。

ざわつく心にこの賑やかさはちょうどいい。

教室が近付くたびに、胸の鼓動が大きくなっていく。

「あ、すみれ！」

いち早く私に気付いたのは瑞希ちゃんだった。

クラスメイトの輪を抜けて駆け寄ってきてくれる。

「学校にきて大丈夫なの？　平気？」

「大丈夫だよ、大げさだなぁ、瑞希ちゃんは」

「だってだって、かなり心配だったんだもーん！　でもよかった、元気になって」

瑞希ちゃんは安心したように息を吐いた。

近くにいたクラスメイトの女の子たちも、次々と声をかけてくれる。

「心臓が悪いだなんて知らなかったよ」

「そうだよ、びっくりしちゃった」

「あはは、ごめんね。でも、もう平気だからさ」

やっぱりみんなに知られちゃったのか。

先生はどこまで話したんだろう。

これをきっかけに確実にみんなの私を見る目は変わるだろう。

「手伝えることがあったらなんでも言ってね」

「篠崎さん……」

「困った時はお互いさまなんだからさっ」

「……ありがとう」

一時は苦手だなと思ったけど、どうやら心配してくれているらしく、そこまで悪い人じゃないのかもしれないと思った。

「あ、そうそう、相楽くんなんだけどね、一週間前くらいから学校を休んでるの。何か知らない？」

篠崎さんはコソッと私に耳打ちした。

「相楽くんが、学校を休んでる……？」

私は思わず訊《き》き返した。

「風邪、とか？」

「表面上はそうみたい。詳しくは知らないんだけど、家で何かあったっていう噂もあるんだよね」

「…………」

「その様子だと、桜田さんは何も知らないってことかぁ」

篠崎さんの嘆きは私の耳には入ってこなかった。

一週間前というと、相楽くんがお見舞いにきて数日が経った頃だ。

どうして学校に来てないんだろう……。

家で何かあったって……奏くんのこと？

退院する時、奏くんの病室の前は特にいつもと変わりはなかった。

だから奏くんに何かあったとは思えない。

それとも親と喧嘩でもしたとか。

もしかして私が余計なことを言ったのも関係がある……？

一週間も休むなんて、これまでなかったから気になって仕方がない。

ましてや自分のせいなのではないかと思うと、行動せずにはいられなかった。

まずはスマホでお母さんに迎えはいらないとメッセージを打った。次に夏美とのメッセージ画面を開く。

夏美は長期間休んでいる私を心配して、たくさん連絡をくれた。

今日退院だと伝えると、すごく喜んでくれたっけ。

『今日の放課後空いてる？』

夏美からはすぐに返信がきた。

『空いてるよ。潤の家に行こうと思ってるんだけど、すみれも一緒に行かない？』

『うん、私もそう言おうと思ってた！』

放課後、帰り支度を終えると昇降口へ急いだ。

夏美はすでに待っていて、私を見ると手を振ってくれた。だけどその表情はなんとなく沈みがちだった。聞くところによると、相楽くんが休んでる理由は夏美も知らないらしい。

奏くんが相楽くんをかばって事故に遭ってから、変わってしまったという相楽くん。

そんな彼を間近で見てきた夏美は、よっぽど心配しているに違いない。

「行こっか」

「うん、そうだね」

夏美と並んで歩き出す。ポツポツと会話をかわしたけれど、病気のことや相楽くんのこと、肝心なことはなにひとつ言えなかった。

夏美もまた、深く聞いてはこなかった。

お互い頭にあるのは相楽くんのことだけ。

きっと夏美も私と同じ違和感に気が付いている。

なんとなくだけど、そんな気がした。

だけどまだこれといったはっきりとしたものはなくて、ただ漠然とそんな気がするだけだ。

「やっぱり留守みたい」

相楽くんの家は駅から歩いて十分ぐらいの場所にある住宅街の中の一戸建てだった。

周りの家の倍はありそうなほどの広くて大きな土地を白いレンガ調の壁が囲み、中心にデザイナーがデザインしたような斜め屋根のおしゃれな家が建っている。

インターホンを鳴らしても応答はなく、家には誰もいないようだった。

「実は最近ね、おばさんも家にいないことが多くて。病院に泊まり込んでいるのかも。おばさんも医者として働いてたんだけど潤と奏が受験生になったのをきっかけに退職したの」

壁に視線をやりながら夏美がつぶやく。

「そう、なんだ」

相楽くんのお母さんもお医者さんだったなんて。

「おばさんはそれまでずっと家にいなかったから、そのことに慣れちゃって。もう一年ぐらい経つのにいることの方が珍しいって思っちゃうんだよね。だから留守でも特に気になったりはしないんだけど……」

「それでも……心配だよね」

目を伏せて明らかに元気のない夏美の肩を叩く。

「……うん、あの、さ」

夏美は何か言いたそうにしていたけれど言葉をグッと飲み込んだ。

「どうしたの？」

「あ、ううん、やっぱりなんでもない。ねぇ、このままあたしの家にこない？　すぐそこだから」

「いいの？」

「もちろんだよ、一人でいても落ち着かないだけだし」

私は夏美のお言葉に甘えることにした。

相楽くんの家から一本筋を挟んだちょうど真向かいに、夏美の家はあった。

共働きらしい両親と、大学生になって一人暮らしをしているというお兄さんとの四人家族。

夏美の部屋は物が少なく、きれいに整頓されていた。

「適当に座ってね」

「ありがとう」

そう言われてベッドのそばのラグの上に腰をおろす。

「お茶を用意してくる」と言って、夏美は部屋を出て行った。

部活を引退する時のものだろうか、机の上にはカラフルな寄せ書きが書かれた色紙が並んでいる。

『先輩は俺達の勝利の女神でした！』

『高校生になってもお元気で！』

男子バスケ部の後輩からだろうか。

微笑ましいメッセージがたくさん書かれている。

二枚目の色紙に目をやると一番に目に飛び込んできたのは『これからもよろしくな！永遠のエース6番より』というメッセージだった。メッセージの隣には『潤』と書かれている。

相楽くん、かな。

二人は本当に仲がよかったんだ……。

告白っぽいことをして、それに応えてくれたって言ってたっけ。

夏美は勘違いかもしれないって言ってたけど、これを見る限りそうは思えない。

このメッセージを本当に相楽くんが……？

とてもじゃないけど信じられない。

だって『まるで別人みたい』、その表現がピッタリだ。

「お待たせ。あ、それ？」

夏美はお茶とお菓子が載ったトレイを手に戻ってきた。

「ごめん、勝手に見てた」

「ううん、いいよ。それね、中学の時バスケ部のみんながくれたんだ」

寂しそうに笑う夏美を見て複雑な気持ちが込み上げる。

「こっちは三年の時のクラスメイトたちからの寄せ書きだよ」

色紙の中心に大きく書かれた『3－6』の文字。

あはは、数字が角ばってる。

3も6も丸みが全然なくて、デジタル時計の数字みたい。

私はふと、数学の時に相楽くんが書いた『6』の文字を思い出した。あの時一つだけ、こんな風に角ばっていたっけ。

「クラスも一緒だったんだね、相楽くんと」

「ん？　あ、潤は違ったんだけど奏とは一緒だったよ」

「……え？」

私はもう一度相楽くんが書いたであろうバスケ部の寄せ書きを見た。

『永遠のエース6番より』

『6番』……。

『6』

「その中心の文字、奏が書いたんだよ。委員長をしてたから、全員分の色紙に手書きでね。角ばってて特徴的でしょ？　なかなか癖が抜けなかったみたいで、みんな笑ってたんだよね」

ドクンと心臓が変な音を立てた。

どういう、こと……？

『数字の書き方だけ少し違ってね。角ばってるのと、そうじゃないのと』

『それくらいでしか違いを判断できなかったわ』

まさか……ううん、でも。

そんなことって……。

『俺と一緒で英語は壊滅的だったはずだろ？』

あるはずがない、そう、そんなことが……。

『お前は潤の皮をかぶった偽物だな⁉』

言葉がフラッシュバックする。

毛穴という毛穴から、変な汗が吹き出す感覚がした。

『でも今はまるで別人みたい……あんなにバスケが好きだったのに』

『奏はどちらかというと家で静かに本を読んでいるタイプだったわね』

『ただ、羨ましかったんだ。周囲の目なんて気にせず、一目散に夢を追ってキラキラしてた〝こいつ〟が』

『こいつ』……。

知らないうちに全身がカタカタ震えていた。

どう考えてもそんなわけないのに、思いとは裏腹にすべてのことが一本の線で繋がった。

ずっと不思議だった違和感の正体。

それに気が付いてしまった……。

「すみれ？　どうかした？」

「う、ううん、なんでもないよ」

「それにしては顔色が悪いようだけど」

「そんなことは……」

夏美にまっすぐに見つめられて思わず目を伏せた。

きっと変に思われてる。

でもこんなことを、どう言えっていうの。

それにまだ確実な証拠があるわけじゃない。

それなのに、こんなこと言えるわけがないよ。

「ねぇすみれ、潤は今……どこにいるんだと思う？」

弱く儚げな声は風の音にかき消されてしまいそうだった。

「これまでにも居留守を使うことが多かったから、もしかしたら家にいる可能性もあるんだけど……でも、でもね、そうじゃないっていうか……本当の潤は……どこにいるんだろう」

本当の相楽くん……それはきっと……。

「大丈夫、きっと戻ってくるよ……だから、信じよう？」

こんな時でも愛想笑いが浮かぶ自分が嫌になる。

相楽くんが見ていたら、また胡散臭いって言うのかな。

「うん、そうだね……戻ってくるよね、潤も奏も」

「うん、絶対に大丈夫だよ」

そう、戻ってくる、きっと。

その日の夜、私はノートを開いた。

入院中に二十数個増えた死ぬまでにやりたいことリストも、ようやく半分を超えた。

66. 本当の相楽くんに会いたい
67. 本音を聞かせてほしい
68. 謝りたい
69. お願いだから戻ってきてほしい
70. 自分の病気のことを素直に打ち明ける
71. もう一度、二人で海が見たい

そこまで書いて手が止まった。

何をどう考えてもありえないようなことが頭に浮かんでいる。

明日、本当の彼に会いに行こう。

ノートを閉じて引き出しに仕舞うと、ベッドに入って目を閉じた。

翌日、制服に着替えた私は引き出しを開けてキーホルダーの小瓶を取り出した。

スカートのポケットにそれを入れて階段をおり、そのまま家を出る。

朝が早いせいか、お母さんはまだ起きていないようだった。

昨夜ほとんど眠れなかったせいか頭が重くて体がだるい。

さらには、ふわふわと地に足がついていない変な感覚がする。

そんな中バスに乗って駅へと向かう。学校へ行くにはずいぶん早い時間のせいか、バスには学生の姿はほとんどない。

ガタガタ揺れる振動を全身に感じながら、ただ流れていく景色をぼんやり眺め続けた。

駅にはこれから会社に向かうであろうサラリーマンや女性会社員の姿が多く見られる。

ホームに滑り込んできた電車に乗り込み、入口付近のドアの前に立つ。

スカートのポケットに入れた小瓶を無意識に握った。

なんの保証も確証もない。でもなぜか、妙な自信があった。

学校の最寄り駅を通過して終点までやってきた。

電車を降りると潮の香りが鼻孔をくすぐる。

ここにくるのは三度目だ。

でも何度きても慣れない。きっとこれからも、慣れることはないだろう。

「きれい……」

太陽がだんだんと上へとのぼっていく。

キラキラと海面が輝いて、光の道ができているみたいだった。

そんな中、砂浜に佇む背中を見つけた。

潮風に吹かれて揺れる黒髪。こんなにも小さかったかな、目の前の背中は。

波の音を聞きながら砂浜を一歩一歩進む。

ついにすぐそばまできてしまった。

きらめく水平線はあの日と同じで、入道雲が水平線と空との繋ぎ目に覆いかぶさっている。

「奏、くん？」

声に気が付いたのか、目の前の背中がゆっくりと後ろを振り返った。

第六章　～二人の空が重なる時～

「奏、くん？」

は？

え？

背後から突然聞こえた遠慮がちな声に、まさかと思い、恐る恐る振り返る。

そこには病院にいるはずのクラスメイト、桜田の姿があった。

奏、くん？

聞きまちがいか？

いや、でも。

「なんでここに桜田が？」

ひとまずそれは置いといて、先に浮かんだ疑問を口にする。

「へへ、私もサボり」

ぎこちなく笑う桜田。

潮風に吹かれて桜田のふわふわの長い髪が横に流れる。

「相楽くんはサボって何してんの？」

「なにって、べつに……」

やっぱりさっきのは聞きまちがいなのか？

ずっと病院にいたからなのか桜田の肌は俺と違って色白で儚げ。

おまけにすぐにでも折れてしまいそうなほど華奢だ。

交通事故で意識不明のまま入院している【弟】と同じ。

あれだけバスケで鍛えた筋肉が、ここ数カ月の入院で見るからに衰えた。

目を覚ましたらあいつは、どんなふうに俺を責めるだろう。

「この前はごめんね」

急にしおらしくなった桜田は、申し訳なさそうに俺を見上げた。

そこには俺が言ったことを気にしてか、胡散臭い笑顔はない。

「なんのことだよ」

「私、言い過ぎたよね。きれいごとだってわかってたんだけど、苦しそうな相楽くんを見てたら止まらなくて」

「べつになんとも思ってないから」

あの時は俺も感情的になりすぎた。

ひどいことを言い過ぎたのだって、桜田よりも俺の方だ。桜田はただ正論を言っただけ。

俺はそんな桜田が疎ましくて突っぱねることしかできなかった。

どれだけ冷たくしてもニコニコ声をかけてくる桜田を、最初は変なやつだと思った。

変だけど一生懸命で、『遠くに行きたい』と言った俺の言葉を真に受けて海まで連れてくるような、突拍子もないやつ。

いつの間にかそんな桜田のペースに巻き込まれて、居心地がよくなり始めていたなんて自分でも驚きだ。

どうも桜田を前にすると調子がくるう。

するすると感情が引き出されるというか【潤】ではなく【奏】としての自分が顔を出す。

それがなぜなのかはわからない。

桜田といたらいつかきっと【奏】に戻る日がくる。

どれだけ必死に取り繕っても体の奥の方から無意識に【奏】としての自分がせり上がってくる。

だから正直一緒にいたくない。

俺は自分の人生を捨てたんだ。

「私ね……心筋硬化症っていう病気なんだ。原因不明で心臓の筋肉が硬くなっていくの。硬化は薬でも止められなくて、徐々に進行してやがて完全に固まってしまう」

心筋、硬化症……？

聞いたことがない病名だった。

そもそも、桜田がなぜ俺にそんなことを打ち明けたのかもわからない。

「完全に固まってしまったら……私はもう、生きられないの」

心臓にドスンッと大きな衝撃が走った。

これまでに何度か具合が悪くなった桜田を見て、心臓が悪いんだってことはなんとなくわかっていた。

だけど、そこまでだとは思っていなかった。

いや、どこかで考えないようにしていただけなのかもしれない。

青白い顔、異様に細い手足、どこか儚げなのに気が強くて、でも親や俺たちの前では無理して笑って。

「だからかな、あんな風に正論言っちゃったのは。もちろん、相楽くんがつらそうだったからっていうのもあるんだけど……」

うつむき気味に話す桜田がどんな表情をしているかまではわからない。

だけどかすかにその声は震えていた。

「高校入学前の入院中にたまたま聞いちゃったの。私の余命は長くて10年、短くて数年だって」

「よ、めい……？」

って……？

「あはは、冗談だって思うよね」

よっぽどマヌケな顔をしていたらしい俺に向かって、どうして笑えるんだよ。

「ごめんね、同情してほしいわけじゃないんだ。限られた時間の中でしか生きられないから、この前はつい私の本音が出ちゃったの」

『自由だよ。どんな時だって私たちはみんな自由だよ。これからそういう風に生きればいいんだよ。生きてる限り、軌道修正はいくらでもできるんだから』

桜田の言葉がフラッシュバックする。

『相楽くんには笑っていてほしいよ。後悔せずに自分の道を進んで、諦めずに夢を追いかけて』

いっつもヘラヘラして自分がないやつだと思ってたけど、この時の桜田は妙に真剣だった気がする。

くだらない、こんなきれいごと、口ではなんとでも言える。

『いつか必ず、前を向ける時がくるはずだから……』

そのいつかって……？

根拠のないことを容易く口にする桜田にいらついた。

だから笑顔が胡散臭いだなんて、つい口走っていた。

一緒にいると心が揺さぶられて、冷静ではいられなくなる。

本音をごまかすのが得意なはずなのに、俺ってこんなに感情をコントロールできないやつだったか？

それとも……相手が桜田だから？

人の心に土足でズカズカ踏み込んでくる桜田のようなやつは苦手なタイプのはずなのに、目が離せなくてほっとけない。

初めて会った時から、心にずっと引っかかっていた。

「やだ、暗くならないでね。この通り、私はまだ元気だからさ。とにかくごめんね、変な話をして」

そう言った後、桜田は黙り込んだ。

俺もなんて返せばいいかわからず、波の音だけが耳に入ってくる。ポツンとそびえ立つ白くて細長い灯台にある展望台をぼんやりと眺めた。全部うそであってほしい。どこかでそう願う自分がいる。

「モヤモヤとか不安な気持ち全部、波がさらってってくれたらいいのにね」

どれくらい経ってからだろう、桜田がそうつぶやいたのは。

太陽は高い位置にあり、キラキラと水面に反射している。

日差しが眩し過ぎて顔を上げることができずにうつむく。

どんな気持ちで桜田は今その言葉を口にしたんだろう。

比べること自体おかしいけど、桜田に比べたら自分の悩みなんてちっぽけなものなのかもしれない。

「な、ない……ないわ」

吹雪の中、隣でうろたえる母さんを横目に自分の番号が抜かされた掲示板をじっと見つめる。

「何かのまちがいよ……きっと。奏が、奏が落ちるなんて。もう一度確認しましょ」

受験票と掲示板を目だけで何度も何度も行ったりきたり。

そこまでしているのに未だに信じられない様子の母さんは、俺の番号がないなんてこれっぽっちも思っていなかったらしい。

「そんな……どうして!?　何かの間違いよ」

母さんは信じられないといったようにその場に崩れ落ちた。

思えば第一志望の中学受験に失敗した時から、俺の人生は狂い始めていたのかもしれない。

「で、でもなんとかなるわ、滑り止めは合格だったもの……」

教育熱心なのは父よりも母だった。

塾への送り迎えも、そこで食べる夕食の弁当作りも、帰ってきてからの夜食作りも、仕事で忙しくしていたにもかかわらず、毎日欠かさずサポートしてくれた。

罪悪感がないわけじゃない。

小学三年生から長期休みも毎日のように勉強漬けの日々。

あれだけの時間を費やしたのに、本命の名門私立中学に落ちたのは俺だって悔しかった。

「母さん、俺、公立中学でがんばるから」

「なに言ってるの、だめよ、公立なんて。本命には落ちたかもしれないけど光学院《ひかり》だって名門なのよ。何も恥じることはないわ」

恥じる……俺が受験に失敗したのを、母さんはそんなふうに思っていたのか。

本命ではない滑り止めの光学院の受験は、母さんに言われるがままに決めた学校だった。

しかし家から片道約二時間、しかも、利用者が多い沿線の電車に乗って都心に出なければならない。

通勤ラッシュの人混みの中を電車に乗るくらいなら、家で静かに勉強する時間に充てる方がよっぽどいい。

だから本命以外行く気はなかった。

光学院に通うくらいなら公立を選ぶ。

小学校の友達には『あいつ、受験に失敗したんだな』って思われるかもしれないけど。

「いいんじゃないか、奏の好きにすれば」

仕事が忙しく、ほとんど家に帰ってこない父さんは何事も俺たちに無理強いはしなかった。

「好きに生きればいい」それが父さんの口癖だった。

「あなたは好き勝手なことばかり言って。私がどれだけ奏のためを思ってやってると思っているのよ。仕事との両立だって大変なのよ？」

「おいおい、奏の人生だろ。お前はお前の人生を生きればいいじゃないか。仕事は無理に続けなくてもいいし、家に入って趣味を見つけるのもいいんじゃないか？」

「あなたって人は私の気持ちを全然わかってくれないのね」

自由奔放な父と教育熱心な母。

母方の親族が医者の家系で祖父は大学病院の准教授まで務めた。

母は病理医で現在もパート勤務をしている。

叔父《おじ》は小児専門の心臓外科医。

両親は意見の食い違いで衝突することはあっても、仲が悪いわけではなかったし、そんな父さんのひとことで俺は公立中学に通うことを許された。

中学に入学してからは常に学年トップの成績をキープ。

もちろん塾にも通った。

高校は地元から離れた全国でもトップレベルの学校を狙う。

それが公立中学に通うための母さんから出された条件だった。

父さんの背中を見て育った俺は、当然のように医者になるもんだと思っていた。

そこに自分の意思があったかどうかは今となってはわからない。

母さんは潤にも医者になる道に進んでもらいたかったようだが、潤はバスケの道に目覚めてから親の目を気にすることなく父さんの言葉通り自由に生きた。

お互い目指すものが違っても、潤との仲は小さい頃から変わらない。世間一般と同じ、いや、もしかするとそれ以上に仲がいい普通の兄弟。

「すごいな、潤は」

小五からメキメキとバスケの才能を開花させ始めた潤は、中一の時先輩を差しおいて県大会出場のレギュラーメンバーに選ばれた。

ストイックに毎日遅くまで練習を頑張った賜物《たまもの》。父さんの嬉しそうな声が食卓に響いた。

「さすが俺の子だ」

「あなたったら、潤にもう少し勉強しろって言ってくださいよ」

「いいじゃないか、好きなことを頑張ってるんだから」

父さんは勉強が得意ではない潤に何も言わなかった。

それよりも自由に生きろ、好きなことをしろが口癖だった。

「奏は何かないのか」

「え？」

「趣味や好きなことだよ」

趣味？

好きなこと？

いや、俺、父さんのような医者になることだけを考えてきたんだけど。
「あなた、奏は勉強が好きなんです。お医者さんになるのが夢なんだから。ねぇ?」
父さんだってそれは知ってるはずだ。
なんたって応急処置の方法を俺に叩き込んだのは父さんなんだから。
「無理だけはするなよ」
そう言って黙々とご飯を食べる父さん。
『すごいな、奏は』『さすが俺の子だ』父さんはそう言ってはくれなかった。
これまで父さんに褒められた記憶はない。
学年トップを取った時も、テストで満点を取った時もそう。
今思えばきっと、ずっと心のどこかでそれが引っかかっていた。
『すごいな』父さんからのたったひとこと。
憧れの父を見て育った俺はその言葉を期待してた。
それなのに潤はあっさりとその言葉をもらって、俺は……。
成績が上がっていくにつれ、期待は膨らむ。
報告をする時の母さんの嬉しそうな顔とは裏腹に、父さんは静かに頷くだけだった。
そして決まって最後にひとこと。
「無理だけはするなよ」
そう言って俺の身を案じる言葉を投げる。

無理してるように見えていたのかはわからないが、俺自身まったくそんなつもりはない。

週六で塾に通い、さらに家に帰ってから寝るまでの間にも参考書と睨めっこ。

ちょっとぐらい睡眠時間を削ったって、友達と遊べなくたって、目標があるから頑張れた。

勉強だけが俺の生き甲斐《がい》で、存在価値のあるものだった。

「おい、奏、お前、最近無理しすぎ。顔色悪いんだから、ちゃんと寝ろよ」

潤はいつしかそんな俺を心配するようになった。

潤にも俺は『無理をしている』ように見えたらしい。

なんでだよ、こんなに頑張ってんのに。

潤ばかりいつも父さんに褒められて、俺がほしい言葉をもらう。

潤は勉強ができるわけでも、バスケ以外の運動ができるわけでもないのに。

最初はそんな小さな歪《ゆが》みから。

それでも俺は頑張った。

自分には勉強しかなかったから。

中三になり、友達も多く、先生からの人望も厚い優等生の規範みたいな生徒。

それが俺。

生徒会長にも自ら立候補し、投票によって決まると、校内で俺を知らない者はいなくなった。

『我が校始まって以来の優等生』

校長からはそう言われた。

これできっと父さんも俺を認めてくれる。

「あなた、すごいのよ奏ったら。校長先生にまで褒めていただいて」

自慢げに話す母さんに「そんなことないよ」と謙遜《けんそん》しつつ、父さんの反応をうかがった。

だが父さんの反応はいつもと同じ。

「そうか。体にだけは気をつけるんだぞ」

衝撃だった。いや、ショックだった。どうやったら父さんは俺を認めてくれるんだろう。

まだ上を目指せっていうのか。

そうしなければ父さんのような立派な医者にはなれないって……。

これ以上どうしろって言うんだよ。

どうすればいいかわからない。

これまで培ってきた自信が、足元から崩れ落ちていきそうになった。

身動きできない狭い空間に、ただ突っ立っているだけの自分。

少しでも動くと闇に落ちていきそうな、そんな感覚。

絶対的な自信が揺らぎ始めたその後からは見事な転落人生だった。

中三の大事な時期に、初めて学年トップの座を奪われた。

医者を目指す意味もわからなくなり、すべてがどうでもよくなった。

母さんは「奏はいったいどうしちゃったの」と泣き、父さんは何も言わなかった。

結局そこまで俺に興味がなかったのかもしれない。

そんな俺が何をしても無意味だったんだ。

「潤と同じ高校を受験する？　だめよ、そんなの」

「父さんは好きにしろってさ」

「奏はもっともっと上を目指せるわ。お医者さんになるのが夢なんでしょう？」

「どうでもいいよ、そんな夢なんて」

そうだよ、くだらない、医者なんて。

「な、何を言っているの。あれだけお医者さんになるんだって」

「もういいんだよ」

塾もさぼりがちになり、成績は落ちてく一方。

もう何もかもがどうでもよかった。

「ねぇお願い、もう一度考え直して。いい子だった奏はどこへ行っちゃったの？」

いい子、ね。

「そんなの、幻想だよ」

もうどこにもいない、そんな俺は。

潤はそんな俺を心配して声をかけてきたが、それさえも気に入らなかった。

それと同時に好きなことに邁進《まいしん》してる潤を羨ましいと思うようになった。

果たして俺はなんのために医者を目指していたんだ？

ただ親がそうだから。

親と同じ道を歩みたいと言えば、みんなが喜んでくれたから。

期待を裏切るのが怖かっただけ。

それに他にやりたいこともない。

結局自分には勉強しかなかった。

つまらないやつだ。

こんな俺が父さんに褒められなくて当たり前だった。

潤との決定的な違いは、父さんには俺が好きなことをしているようには見えなかったってこと。

潤はキラキラ輝いているイメージ。

でも俺は、母さんの言いなりで母の望む人生を生きてきただけ。

きっと父さんの目にはそんな風に映っていたんだろう。

それに気づいた瞬間、これまでの人生が一気にバカバカしくなった。

最初は父さんの背中に憧れて医者を目指したはずだった。

でもいつしかそれは重荷でしかなくなっていたんだ。

母さんはそんな俺についに何も言わなくなり、結局俺は潤と同じ高校を受験した。

偏差値は普通、強いて言えばスポーツに力を入れている高校で、推薦枠も設けられていた。

あっさり合格したが、嬉しくもなんともなく、なんの感情もわかなかった。

こんな人生に意味はあるのか疑問だった。

中学の卒業式で幼なじみの夏美が心配して声をかけてきた。

「元気出してよ、奏はすごいやつじゃん。尊敬してるんだからね」

励ましてくれてるんだってことはわかる。

でも見下されているような気がして煩わしかった。

夏美にまで同情される覚えはない。

きっとそんな思いが態度に出てしまっていたことだろう。

「尊敬って、口先だけではどうとでも言えるよな。見下されてるようにしか思えない。そういうの、一番うざいんだけど」

全てに心を閉ざしていた俺は最低な言葉で夏美を傷つけた。

卒業式のあと、家に帰るのが嫌で近所の公園でぼんやりしていた。

すると潤がやってきた。

「夏美にひどいこと言っただろ？」

珍しく怒っていた潤は、最初から喧嘩腰で俺に声をかけてきた。

「うざいからうざいって言ったんだよ」

立ち上がり、公園を出て行こうとする俺。

潤さえもが煩わしかった。

「お前さ、いい加減にしろよ。ちょっとうまくいかなくなったぐらいでいつまでも塞ぎ込みやがって。見てるこっちが気を遣うんだよ」

俺を追ってきた潤が、後ろからそう言った。

我慢ができなくなった俺は思わず振り返る。

「はぁ？　なんだよそれ。俺は塞ぎ込んでなんか」

「うそつけ。たった一度躓いたぐらいでグラグラ揺れやがって。情けなさすぎ」

「なんだと」

頭に血がのぼり、無意識に潤の胸ぐらをつかんだ。毎日筋トレをしていた俺と、バスケで鍛えた潤の体格や筋肉量はほぼ同じ。だから余計に見間違えられることが多かった。

「自分のイライラを他人にぶつけるなよ。夏美はお前を心配して声をかけたんだろうが」

「余計なお世話なんだよ！　そんなこと誰も頼んでないし」

「夏美だけじゃない。俺や親父だってお前のこと」

心配しているとでも言うのか？

全身がカッと熱くなった。

苛立《いらだ》ちが最高潮に達して胸ぐらをつかむ手に力が入る。

「お前に心配されるほど落ちぶれてねーよ！」

これまでに喧嘩することはあっても、ここまで余裕がないのは初めてだった。

それほどに腹立たしい。双子だからなのか、余計に。

「今のお前、かっこ悪すぎ」

どこまでも冷静で淡々としている潤にさらに苛立ちが募る。

俺だけがこんなにも感情的になってバカみたいだ。

「なんの関係もないお前にとやかく言われたくないんだよ！」

何もかもうまくいってて悩みなんかないお前に、俺の気持ちなんてわかってたまるか。

「もう俺に構うな」

潤から手を離し、背を向ける。

とにかく一刻も早くこの場を離れたい。

これ以上潤の顔を見ていたくなかった。

公園を出て横断歩道前の信号で立ち止まる。

目の前の国道はめったに車が通らないというのに、その時は遠くからトラックが走ってくるのが見えて、ついフラフラと前に足が進んだ。

飛び出す度胸なんてないくせに。

ギリギリのところで足が止まり、そんな自分にも腹が立った。結局俺は全部中途半端。

すべてがうまくいかず、未来になんの希望もない。

こんな俺が存在してる意味って？

「待てよ」

俺の後を追いかけてきたらしい潤に肩をつかまれた。

「追いかけてくるんじゃねーよ」

なんなんだよ、もうほっとけよ。

「俺はお前を」

心配してるって?

そのセリフは聞き飽きた。

お前なんかに同情されたくないんだよ。

お前はお前らしく好きに生きればいいだろ。

父さんも認めてくれてる。

なんなら俺はお前になりたい。

そう……お前に。

自分の人生を捨てて潤として生きられたら……。

そんなありえもしない考えが頭に浮かぶ。

いやいや、そんなこと、ありえないだろ。

そこまで追い詰められていることに自分で驚いた。

「離せよ」

「待てって。ちゃんと聞けよ」

「うるさいんだよ」

信号が青になったのを見て潤の手を振りほどく。

とにかく離れたくて必死だった。だから前をよく見もせずに俺は交差点へと飛び出した。

「おい、奏……！　危ないっ！」

「！」

そんな声が聞こえたと同時にすごい力で背中を押され、数メートル前へと弾き飛ばされる。

膝から崩れ落ちるように地面に倒れた。

キキキキキキィ。

ドンッ。

振り返った俺の目に映る衝撃の光景。

それはまるでスローモーションのように、だけど一瞬の出来事だった。

国道を走ってきたトラックと正面衝突した潤の体が、まるで漫画のように遠くへ飛んで行った。

轢《ひ》かれる直前に手から離れたのだろう、俺のすぐそばに潤のカバンが飛んできた。

「きゃあああ！」

「人が轢かれたぞ！　救急車！」

タイヤの焼け焦げる匂いがあたりに充満する。

ブレーキ痕《こん》が生々しく地面に黒い線を描いていた。

うそ、だろ。

今……何が起こった……？

目撃したはずの出来事が、とてもじゃないけど信じられない。

なんで。

どうしてこんなことに……。

「潤……？」

恐る恐る潤が飛ばされた場所を目で追う。

見たくなんかないのに、意思とは裏腹に首が勝手に動いていた。

「おい、早く誰か救急車を呼べっ！」

叫んでいる高齢の男性のそばで、腰を抜かした見ず知らずの若い女性が崩れ落ちて泣いている。

アスファルトの上が、潤の血で真っ赤に染まっていく。

潤の体はピクリとも動かない。

俺をかばって潤はトラックに……俺のせいで潤は……こんな目に……。

全身がガタガタと震えた。

頼むから、誰かうそだと言ってくれ。

なんでこんなことになったのかなんて、考えてみても何もわからない。

わかるのは、潤が轢かれたのは俺のせいだってことだけだった。

俺の人生はここで終わりだ。

みんなから責められ、軽蔑《けいべつ》の眼差しを向けられるに違いない。

俺が轢かれればよかったんだ……この俺が……。

そしたらすべてから解放されて楽になれたのに。

なんでこんな俺を助けたんだよ？

どうして……見捨ててくれなかったんだ。

いなくなるのは俺でよかった。

……俺が、よかった。

そうだ、俺がいなくなれば……丸く収まる。

俺さえ……いなく、なれば……。

この時の俺は自分でもパニックになっているとは気付かないほど、混乱していた。

救急車のサイレンが聞こえてきてハッとさせられる。

潤は救急隊員らの手によって素早くストレッチャーに乗せられた。

「そこの人、この方の知り合いですか？」

「え、あ……」

救急隊員がこちらに走ってきて動揺する。

目撃者が俺たちの争いを見ていたとしたら、どういう風に伝えられているかはわからない。

とっさに近くにあった潤のカバンと自分のカバンを持ち替えた。

「怪我はないですか？」

「あ、だ、大丈夫、です……」

「事故に遭われた方の名前はわかりますか？」

拳を握る手に力が入る。

俺はしっかりと顔を上げて救急隊員の目を見つめた。

「相楽……奏です。俺の双子の兄です」

無意識にそう答えていた。

＊＊＊

ザザーッと寄せては返す波の音が周囲に響く。

「たまにそうやってどこか遠くに行くよね、相楽くんは」

桜田が儚げな笑みを浮かべた。

余命のことを聞かされたせいなのか、今にも消えてしまいそうなほどに見える。

『奏、くん？』

あれは聞き間違いではないはずだ。

でも桜田は何も追及してこない。

変なところはズカズカ踏み込んでくるくせに、肝心なところは何も。

自分も詮索されたくないからなのか、その辺の距離感を桜田はちゃんとわかっている。

俺が思っている以上に繊細なやつなのかもしれない。

最初はいつ正体がバレるかとビクビクしてたけど、母さんでさえ事故に遭ったのは俺だと思っている。

バカバカしくて笑えた。

でももっとバカバカしかったのは自分自身。

潤になったところであいつのように生きられるわけではないのに。

特にバスケがうまいわけでも、そこまでのめり込んでいるわけでもなかった俺は、潤にも奏にもなれない半端者。

そうやって生きてたら、自分が何者なのかがわからなくなる。

「これね、五歳の時に病院で出会った男の子がくれたんだ」

そう言って桜田はスカートのポケットから何かを取り出した。

手のひらのそれは、薄ピンク色の星の砂が入った小瓶型のキーホルダーだった。

「これは……」

俺も色違いで同じものを持っているのですぐにわかった。

初めて会った時からもしかしてと思っていたけど、やっぱり桜田がそうだったのか。

「その男の子は立派なお医者さんになるのが夢だって言ってた。私の病気も、きっと治してみせるからって」

無知は罪だと言うけれど本当にその通りだ。

医者になれると信じて疑わなかった幼い頃の自分、昔のように夢をまっすぐに追ってた自分は、もうどこにもいない。

俺は自分で自分の存在を消したんだ。

「私、最近まで男の子のことなんてすっかり忘れてたんだけど、夢で見て思い出したの。これも引き出しの奥にしまってあったんだ」

桜田が小瓶を傾けると中の砂が上下に反転した。

そこに白い星形の小さな貝殻が見え隠れする。

「これを見たらあの時キラキラ眩しかった男の子の笑顔を思い出して、もしかしたら私の病気も治してもらえるんじゃないかってわりと本気で思ったんだよね」

「……そんなの幻想だな」

「そうかな？　これまでの医学の進歩だって、人の努力による賜物なんだから可能性はあると思ってるよ」

そう言って桜田はにっこり笑った。

本気で言っているのかはわからない。

でもそんなのはやはり幻想だ。

「というよりも、信じたいんだよね、その男の子のことを」

信じたい。
そう言った桜田の声がかすれていた。
俺に何をどうしろって言うんだよ。
無理なんだよ、俺には……。
そもそも俺自身の人生は潤と入れ替わった時点で捨てたんだ。
未練なんてない。
「帰る」
居心地の悪さを感じ、そう言って桜田に背を向けた時だった。
ポケットに入れていたスマホが鳴った。
確認するとディスプレイには『母さん』の文字。
普段電話なんてめったにかかってくることはないし、しかも今は授業中の時間帯だ。
まさかさぼってるのがバレたのか。
いや、それ以上になんだか嫌な予感がする。
出られずにいると着信は途切れ、今度はメッセージが届いた。
『奏が目を覚ましたの。今すぐ病院にいらっしゃい』
胸が苦しくなって、しばらく画面から目が離せなかった。
一生眠ったままかもしれないと言われていた潤が……目を覚ました。
目の前が真っ暗になって意識が遠のき、足元がふらついた。

「相楽くん、しっかりして！」

気が付くと桜田に支えられ、なんとか立っている状態だった。

「顔色が悪いよ、大丈夫？」

自分でも気付かないうちに体が震えていた。

「何かあったの？」

そんな俺を心配しているらしい桜田が不安げに顔を覗き込んでくる。

「あいつが……目を覚ましたって」

「え？」

病院に行かなきゃいけない。

それはわかっている。

でも足が動かない。

頭が真っ白って、こういうことを言うのか。

潤が目を覚ました。

喜ばしいことなのに……それなのに俺は、この先どうなるのかって自分のことばかり考えてしまう。

きっとうそはすぐにバレる。

当たり前だ、眠ってたのは潤なんだから。

どうしてそんなうそをついたのかって責められる。

父さんや母さんから見放されるかもしれない。

それだけじゃない、潤だって俺のこと……。

そうなったら俺は……俺の人生は……終わり。

この期に及んで自分のことしか考えられない。

なんて情けないいんだ、かっこ悪すぎる。

潤の言う通りじゃないか。

「今は余計なことあれこれ考えないで、とにかく今すぐ行った方がいいよ。一人じゃ不安なら、私が付き添うから」

桜田に手を握られ、なぜか安心感が胸いっぱいに広がった。

たとえようのないこの胸の奥が震える感覚。

これまでガッチリ固めてきた心の弱い部分が浮き彫りになって、すべて吐き出してしまいたいような、そんな気持ちにさせられる。

だから嫌なんだよ、こいつといるのは。

「相楽くん？」

「俺は、行けない」

それにあいつは俺の顔なんて見たくないのかもしれない。

今さらどんな顔で会えって言うんだよ……っ。

「しっかりして！」

繋がった手に力がギュッと込められた。

「やっと……やっと目を覚ましたんだよ？　相楽くんだってそれを待ち望んでいたはずでしょ？」

「俺は……自分のことしか考えていない最低なやつなんだ」

潤が事故に遭った時も、目を覚ましたと聞いた今だって、潤の無事よりも自分のことで頭がいっぱいなんだ。

「そんな俺は……あいつに会う資格なんかねーんだよ」

「資格とか、最低なやつだとか、そんなの今は関係ない！　会いに行かなきゃ後悔するよ？　せっかく会えるのに、目を覚ましたのに……相楽くんがお見舞いに行ってたのは、少なからず心配していたからでしょ？」

「……どんな顔して会えって言うんだよ、今さら。会えるわけ、ないだろ」

人前でここまで弱音を吐いたのは初めてかもしれない。

桜田があまりにももっともなことを言うから、つい反論したくなった。

「とにかく行こう。後のことはそれから考えたらいいから」

半ば強引に手を引っぱられた。

「ちょ、おい」

「いいから黙ってついてきて」

そして駅の方角へと向かって歩かされる。

さっきまで動かないと思っていたはずの足がすんなり動く。

桜田が一緒だと、不思議なことになんとかなるんじゃないかって。

さっきまで不安で仕方なかったのが少しだけ和らぎ、海の最寄り駅にタイミングよくやってきた電車に乗る頃には、俺の頭もずいぶん冷えていた。

「私も一緒に行くから」

「……ああ、うん」

ここで俺が断っても、桜田は付いてきそうな気がする。

それに俺も桜田がいてくれる方が心強かった。

一人じゃきっと、勇気なんて出なかった。

一時間以上電車に揺られ、病院の最寄り駅に到着した。その間桜田の手は繋がったままで、お互いに離すことはしなかった。この華奢な手は俺の心を落ち着かせてくれる安定剤のようなものだ。

改札を出てバス乗り場へと移動する。バス乗り場からは直通のバスが何本も出ているようだった。

「あ、このバスで大丈夫そうだよ」

行き先を確認し、すでに到着していたバスに乗り込んだ。

そこまで客はおらず、空いていた二人掛けの席に並んで腰かける。

隣で青白い顔をしている桜田が小さく息を吐いた。

「おい、大丈夫か？」

改めて見た桜田の顔は顔面蒼白と表現するのがピッタリなほど青白い。

俺が気付かなかっただけで、ずっと具合が悪かった？

「大丈夫だから、そんな顔しないで。ね？」

「大丈夫って……」

そうじゃないだろ、絶対に。

「いつも助けてもらってばかりだから、こんな時ぐらい相楽くんの力になりたいんだ。だから、大丈夫」

桜田は繋がったままの俺の手をギュッと握って小さく笑った。

その笑顔に胸の奥が熱くなり、くすぐったいような不思議な感覚が訪れた。

「あはは、そんな深刻そうな顔しないでよ。相楽くんはクールで無表情なのが似合ってるんだから」

「なんだよ、それ」

「ふふ」

まだ笑う余裕はあるようなので安心した。

「強いな、桜田は」

「え、私？」

キョトンとした表情の後に、瞬きを数回。

「私ね」

そして窓の外に視線を向けると、桜田は独り言のようにポツポツと話し出した。

「余命を知った時、自分の命を諦めようとすることで傷つかないようにしていたのかもしれない。相楽くんに『物わかりよく人にはそれなりのことを言っておいて、自分のことは全部諦めてますって顔してる』って言われてから、ずっと考えてたの。きっとそうすることでしか、自分の心を守れなかったんだと思う……夢とか未来とか、そういうもの全部諦めて、私にはないんだって言い聞かせて……諦めたフリをしてたんだ」

桜田から乾いた笑いが漏れ、それは愛想笑いだとすぐにわかった。

「でも無理だった。いくら諦めたフリをしたって、心のどこかでは全然納得できてなかったの。夢も未来も全部……諦めたくない。それに気付いたのは、相楽くんに言われて、モヤモヤしている自分がいるのがわかった時。諦めたはずなのに、どうしてこんなに悩むんだろうってすごく考えた。だけど悩むっていう時点で全然諦められてなかったんだよね。諦めたくないからモヤモヤしてたの」

今にも消えてしまいそうな弱々しい声を聞いていたら、キリキリと胸が締めつけられた。

「諦めたくないな、でも私は長くは生きられない。私の生きる意味ってなんだろうって深く掘り下げて考えるようになって、お母さんが倒れた時のことが頭によぎったんだ。いなくなるかもしれないって思うとすごく怖くて……ああ、これが死ぬってことなんだなって。初めて誰かの死を身近に感じて、こんなにもあっけないいんだなって思うとすごく怖かった」

　顔を伏せていたから桜田の表情は見えないけれど、きっとつらそうな顔をしているのだろう。

「自分だけがつらくて絶望の中にいるんだと思ってたけど、人は必ず死ぬんだよね。それが遅いか早いかはそれぞれで、元気だった人が突然死することもある。私は病気だからそのリスクが高いだけで、死ぬっていう結果はみんな同じで平等なんだ。だとしたらそれは、何も特別なことなんかじゃないんじゃないかって。そう考えたら私にもまだできることがあるかもしれないって思ったの」

　桜田がこれまでにどれだけの恐怖と戦ってきたのか俺にはわからない。

「私は強くなんかないよ。強い人は自分を諦めたりしないもん。いつ終わりがくるかわからない自分の心臓に、ビクビクだってしないよね。そりゃあ私だって小さい頃は治るって信じてたけど……今は」

『信じたいんだよね、その男の子のことを』

　幼い俺が言った言葉を信じようとする桜田の気持ちも、明るい未来を想像したいと言ったのもうそではないのだろう。

　純粋に治ると信じて治療してきた頃の無垢《むく》な桜田は、今はいないということ。

　俺たちは五歳のあの時とは違う。人は変わる。それは仕方のないことだ。

「そんな弱い私だから、相楽くんに『笑顔が胡散臭い』なんて言われるんだよね」

「あ、いや、それは……」

「あはは、動揺してる」

「…………」

「『大丈夫』って、私の口癖みたいなものなんだ。人から病気の子っていう目で見られるのが嫌で、強がっちゃうの。でもそれは、誰よりも私自身が自分をそんな目で見ていたからなんだよね……でも今は相楽くんのおかげで色んなことを諦めたくないと思っている自分がいることに気付いたから、前向きに生きてみようかなって。諦めずにいたら、叶うかもしれないしね。やりたいことリストもまだ全然達成していないし、せめて全部叶えられたらなぁ」

桜田の嘆きはバスの発車音の中に溶けて消えた。

窓に反射する桜田の寂しげな顔を見ていられなくなって、目を伏せた。

「って、ごめんごめん。相楽くんが相手だと、なぜか余計なことを口走っちゃうなぁ」

俺を振り返った桜田の瞳の奥には、計り知れないほどの悲しみが秘められているように見えた。

今までどれだけの鎧《よろい》をかぶってきたんだろう。

もしかすると俺たちは似た者同士なのかもしれない。

「それでも桜田は俺なんかよりよっぽど強いよ」

そう返すだけで精いっぱいで、他に言葉が見つからない。情けないだけの自分が恥ずかしかった。

こんな俺が何か言ったって桜田に響くはずもない。

「大丈夫だよ、相楽くんはいざって時すごく頼りになるから。応急処置の腕も一人前だしね」

「…………」

バスが一つ目の停留所に到着した。

この路線はもともと乗客が少ないせいか車内には空席が目立つ。

乗客が数人乗ってきたかと思うと、扉が閉まって発車のアナウンスが流れた。

病院までの停留所はあと三つ。

停車するたびに緊張からなのか、全身から変な汗が吹き出す。心臓がバクバク鳴って落ち着かない。

やっぱりくるべきじゃなかったか……。

「さ、降りよう」

「え、あ……」

いつの間にか病院の最寄りの停留所に停車していた。

「俺……やっぱ」

「なに言ってんの、ここまできておいて。行くよ」

桜田の強引さだけで、今の俺は動かされているようなものだった。

バスを降りると目の前はフェンスに囲まれた大きな公園だ。

「さぁ、行くよ」

躊躇って動けずにいる俺の手を、再び桜田がつかんだ。

華奢なのに、不安や迷いを包み込んでくれるような力強い手だ。

すべてを打ち明け、罪を認める覚悟を決めよう。

ここまできたんだ、もう逃げられない。

病院の正面玄関から受付の前を通ってエレベーターで小児病棟へ移動した。

「潤！」

エレベーターを降りるや否や、母さんの大きな声が響き渡った。

「よかったわ、きてくれたのね」

潤……。

確かに母さんは俺をそう呼んだ。

てっきりすでに入れ替わりが周囲にバレて騒動になっているかと思っていた。

それなのに予想とは違って拍子抜けだ。

「今はまだぼんやりしているんだけど、意識はしっかりしているのよ。だから潤も奏に会ってあげて」

涙目の母さんは【奏】が目覚めたのがよっぽど嬉しいようだ。

胸の奥深くがえぐられるように痛んだ。

でもこれがなんの痛みなのかはわからない。

もう引き返せないところまできているとわかっているのに、足がすくむ。

今すぐここから走って逃げ出せたら、どれだけ楽だろう。

そんな俺の心情を察したのか、桜田は俺の手をギュッと握った。

『大丈夫だよ』そう言ってくれてるような気がした。

「奏、潤が来てくれたわよ」

病室に入るなり母さんが声を弾ませた。

ベッドの上の奏……潤は、ゆっくり顔を動かし視線をこっちに向ける。

なんて声をかけていいのかわからずに、ただ立ち尽くすしかできない。

「潤……？」

目覚めたばかりの潤の弱々しい声が耳に届いた。

筋肉がごっそり落ちて、見るのがつらいほど痩せ細っている。

そんな潤を見て震えが止まらなかった。

「せっかくすみれちゃんも来てくれたんだし、飲み物買ってくるわね。あなたたちはゆっくりしてなさい」

パタパタと慌ただしくスリッパを鳴らしながら、母さんは病室を出た。

「久しぶりだな……潤」

潤は俺を見て口角をわずかに持ち上げた。

うまく力が入らないのか口元の動きがたどたどしい。

「な、んで……」

お前が俺に加担しなきゃならないいわれはないどころか、潤に罵《ののし》られてもおかしくないことを俺はしてしまった。

それなのにどうして俺を【潤】なんて呼ぶんだよ。

こんなにボロボロになってまで、俺をかばってくれるっていうのか。

今だって潤は俺になりきろうとしている。

なんでこいつは……ここまでするんだよ。

俺を恨んでいるはずだろ？

「なんて顔、してるんだよ……情けないぞ、潤の、くせに」

「……っ」

本当は心のどこかでわかっていた。

俺が潤のフリをしたって虚しいだけだということ。

他人になんてなれるはずがないのに、そんなんで生まれ変わろうとした自分が間違っていた。

俺は……なんてことをしてしまったんだ。

『私たちはみんな自由だよ。これからそういう風に生きればいいんだよ。生きてる限り、軌道修正はいくらでもできるんだから』

『俺たちは自由。軌道修正はいくらでもできる』

やり直せるのかな、こんな俺でも。

今からでも遅くないのか。

きちんと間違いを認めて今から生き直す。

うそ偽りのない、自分の姿で。

「なんでお前は、俺のフリを……?」

俺たち三人以外誰もいない病室に、俺の情けない声が響き渡った。

「俺も最初は【奏】って呼ばれて驚いたけど、目覚めてだんだん事故の状況を思い出してきたら、お前をそこまで追い詰めた自分に責任感じて……」

潤は申し訳なさそうに目を伏せながら答えた。

どう考えても悪いのは俺で、潤が責任を感じる必要なんかない。

「こうなったのは全部俺のせいだ。お前には許されなくて当然のことをしたと思ってる」

俺は潤に向かって本音を言った。

「何言ってんだよっ」

顔を上げた潤の目は心なしか赤かった。

「潤……今までいろいろごめん」

まっすぐ潤の目を見つめる。許してもらえなくてもいいから、とにかく謝りたかった。

ブレない強い芯を持つ潤に、いつも眩しかった潤に、俺はどうしようもないほど嫉妬していた。

うまくいかないのを他人のせいにして逃げてばかりいた。

潤はそんな俺を心配して、あそこまで真剣に言ってくれていたんだと今ならわかる。

「マジで悪かったと思ってる。俺のせいで、ごめん」

「やめ、ろよ。俺だって、お前を追い詰めたんだから……っ」

潤のかすれた声を聞いたら、目の前がボヤけて目頭が熱くなった。

歯を食いしばり、必死に耐える。

これ以上みっともない姿をさらしてたまるか。

「……ごめん」

潤がポツリとつぶやいたと同時に、俺の目から涙が流れた。それはまるで胸にたまった膿《うみ》が出ていくような感覚で、心がスーッと軽くなっていく気がした。

もう一度俺が謝ろうとしたら、潤が「おあいこってことで、もう謝るのはなしな」と言って小さく笑った。

俺は指先で涙を拭い潤を見た。すると潤も同じように目をこすっていた。俺たちは顔を見合わせ、久しぶりに笑い合った。まさかこんな日が来るなんて夢にも思わなかった。

「ところで、そちらは？」

潤の目が桜田に向けられる。なんだか意味深にニヤニヤしているのは気のせいだろうか。

「わ、私は奏くんのクラスメイトの桜田すみれです！　あ、この場合は潤くんのクラスメイト……になるのかな？　よろしくお願いします」

律儀に頭を下げる桜田に潤が噴き出す。

「こちらこそよろしく」

無愛想な対応でないのを見ると、潤はどうやら桜田が苦手ではないらしい。

「やるなぁ、奏も」

ニヤッとしながらそう言われ、言葉に詰まった。

その後病室には奏が目覚めたと聞きつけてやってきた親戚《しんせき》がたくさん集まった。

「潤くんをかばって事故に遭ったと聞いた時は驚いたけど……よかったねぇ、目が覚めて。本当によかった」

「神様はちゃんと見てくれていたんだね、奏くんのことを」

違う、俺はそんなにいい人間なんかじゃない。

でも、今日から変わりたい。できることから少しずつ。

「相楽、奏くんだね。目が覚めて本当によかった」

手術に入っていたという主治医がやってきて、ベッドの上の潤に向かって声をかけた。

大きく息を吸ってゆっくり吐き出す。

桜田の手をギュッと握り返すと、目を見開いて俺を見た。

そして目が合うと、照れくさそうにはにかんだ。

こんな状況でドキッとするなんて、どうかしている。

でも桜田の笑顔には俺の心を落ち着かせる作用がある。そして勇気をくれるのだ。

「違います、俺が……相楽奏です。そっちは弟の相楽潤です」

誰もが最初はポカンとした。

何を言っているのか、本気でわからなかったようだ。

「潤？　何を言っているの？」

母さんが心底心配そうな顔を俺に向ける。

もう間違えない。

俺は俺としての人生を取り戻すんだ。

これ以上迷わないし、悩みたくない。

桜田を見ると俺を見つめながら口元をゆるめ、優しい顔で笑っていた。

これでよかったんだ、これで。

「冗談を言っている場合じゃないでしょ？」

「いや、俺が奏なんだ。今日まで潤のフリをして生きてきたんだ」

「どういうことなの？　意味がわからないわ」

俺と潤の顔を交互に見つめる母さんは、明らかに困惑していた。

母さんだけではなく、親戚や主治医、そしてたった今大慌てで病室に駆けつけた父さんまで。

まずは真実を自分の口から話す。できることから一つずつやっていこう。

俺にできるのはそれしかなく、そうすることで前を向けるような気がした。

「ところで、桜田さんは奏の彼女だっけ……？　いや、潤として生きてきたんなら……潤の？」

「い、いえ……違いますっ！」

潤はいきなり話題を桜田に変えた。

とっさに話を振られ、桜田は大げさに否定する。

周囲は未だに困惑していて、俺たちのやり取りをただ呆然と見ていた。

「ふはっ、どっちの違うって意味……？」

「か、彼女だなんて……っ」

「へぇ……そっちか」

桜田をからかう潤は周囲の目なんて気にしていないようだった。重い空気に耐えられず、こいつなりに助け舟を出してくれたのだろうか。

「これからも、こんな奏を……よろしく」

潤は精いっぱいの笑顔を浮かべてそう言った。

桜田は返事をするでもなく、照れくさそうに笑う。

しかし、顔色はさっきよりも遥かに悪かった。

「桜田、ちょっとこっち」

手を引いて連れ出そうとすると、ヨロヨロと華奢な体がふらついた。

「お、おい、桜田！」

桜田はそのまま力なく床に倒れ込み、俺の声には一切反応しなかった。

エピローグ

私は手にした小瓶を目の高さにかざした。

薄ピンク色の星の砂が上下にサラサラと移動する。

これを見たら懐かしい気持ちが込み上げて、胸の奥がかすかに疼《うず》く。

もしも時間を巻き戻せるというのなら、高校一年の一学期に戻りたい。

そしてもう一度、あの数カ月間を体験するの。

たった数カ月、されど数カ月。

短かったけれど、忘れることのできない人生の中で最も濃い時間を過ごした。

離れている時間の方が圧倒的に長くて、彼が今どこで何をしているのかはわからないけれど、きっとどこかで頑張っているんだろうなと思う。

あれからちょうど10年の月日が流れた。

夏美とはちょこちょこ連絡を取っていて、相楽くんは高校卒業後、医学生になったと夏美から聞いた。

潤くんは退院してから驚異の回復力を発揮して、バスケ部に復帰し、インターハイで大活躍をしたんだとか。

その時スカウトマンの目に留まって、プロチームから打診があり、今やプロのイケメンプレイヤーとして雑誌やテレビで大人気。

夏美はそんな潤くんと幸せにやっているらしい。

私は今も病気と付き合いながら、自分なりに元気にすごしている。

余命宣告を盗み聞きしてからちょうど10年が経ったけれど、なんとかまだ生きているし夢も叶えた。

私の病気を理解してくれる素敵な職場に就職もした。

この10年で相楽くんのことを思い出さない日は一日もなかった。

同じ空の下で頑張っているであろう彼に……会いたい。

砂浜に座って目の前の海を眺めながら、今日も私は小瓶に願いを込める。

それは叶うことのない100個目の願い……。

100．10年後、彼の隣で笑っていたい

10年前、田舎へと引っ越した後に書いた最後の願い。その時まで生きていられたら、また会いたいと思った。でもそれだけだ。会って笑い合えたらそれでよくて、他には何も望まない。

指でそっとリストノートの文字をなぞる。

「こんなこと叶うわけないのにね」

じゃあなんでそれを書いたのかって聞かれたら、返答に困ってしまうんだけれど。

リストノートは奏くんのことを書いたページだけ、まだ達成した証の星印がついていない。きっとこの先つくことはないのだと思うと、それだけが心残りだ。

10年前、潤くんの病室で倒れた私はそのまま緊急入院することになった。

しばらくの間生死の境をさまよい、危なかったと聞かされた。

相楽くん……奏くんは何度もお見舞いにきてくれたらしいけれど、弱っている姿を見られたくなくて断ってばかりいた。

きっと奏くんは、私が倒れたのは自分のせいだという罪悪感があったのだろう。

あれから私は予定通り空気のきれいな田舎に引っ越した。

引っ越すことは誰にも言ってなかったので、夏美や瑞希ちゃんはびっくりしていたっけ。

奏くんとはそこで疎遠になってしまい、夏美を通じて時々話を聞くだけになった。

『仲を取り持ってあげるよ』とこれまでに何度も言われたけれど、いつ何があるかわからない私は最後まで恋愛に前向きになれなかった。今だってそうなのだけれど、奏くんに会いたいと思う私もいる。

湿気混じりの海風が強く吹き付ける。白くて細長い灯台がポツンと建っているのも、入道雲が一面に広がって海と空の境目を覆っているのも、なんとなくあの日の雰囲気に似ていた。

懐かしい感覚と太陽の眩しさに目を細める。

「うーん、夏の匂いがするなぁ」

鼻から勢いよく息を吸い込み肺を目一杯広げる。

あの時の海に私はいる。

ここにくると色んなことを思い出して苦しくなるけれど、思い出もたくさん詰まっているから、私にとっては大切な場所だ。

「あら桜田さん、ここにいたの？」

「あ、師長さん」

海の見える田舎町に、もうすぐ夏がやってこようとしている。

「あまり風に当たるとよくないわ。そろそろ戻りましょう。午後からも予約の患者さんでいっぱいよ」

海のそばのこぢんまりとした診療所が私の職場。

患者さんもスタッフも年配の人ばかりだけど、みんな私に温かく接してくれる。

この町にきてまだ日が浅いけれど、住みやすくてのどかで、とても気に入っている。

「はい、休憩が終わるまでには戻りますね」

「そう？　桜田さんは本当にこの町の海が好きね」

海もだけど、この町の人も好きです。

なんて、恥ずかしくて口には出せない。

「あ、そうそう。言い忘れていたんだけど、午後から医学実習生がくるからね」

師長さんはそう言い残して、きた道を引き返した。

ザッザッと砂浜を歩く足音が遠ざかって行くのを背中で聞きながら、穏やかな海に視線をやる。

今日は波がとても静かなせいか、周囲の音もよく聞こえる。

しばらくして足音が戻ってきたのがわかった。

師長さんかな？

何か言い忘れたことがあった、とか？

そんなことを考えながら振り返った私の目に、信じられない光景が飛び込んできた。

「うそ……なん、で？」

頭が真っ白になって他のことが何も考えられない。

久しぶりに見る姿は10年前よりもずいぶん大人びていて、時の流れを感じずにはいられなかった。

ずっと会いたかった。

そんな気持ちにフタをしてきたけれど、会うとやっぱりだめだ。

気持ちが10年前に引き戻されて、ドキドキと胸の鼓動が大きくなった。

「今日からお世話になる、医学実習生の相楽奏です」

そう言ってにこやかに笑う彼を目の前にして、私の目から涙が一つこぼれ落ちた。

あとがき

まずはじめにこの作品を手に取ってくださり、ありがとうございます。


他の誰かになりたい。

そう思ったことはありますか？

他人を羨《うらや》ましく思ったり、妬《ねた》む気持ちはきっと誰の中にもある感情だと思います。

あの子みたいに可愛くなりたい、クラスで人気者のあの子になれたら……。

頭がよくて運動神経もいいあの子が羨ましい。

一度はそんな感情を抱いたことがあるのではないでしょうか。

私はあります。

クラスで人気者の女の子に憧《あこが》れて、一度でいいからキラキラ眩《まぶ》しいその子になりたいと思いました。

そしたら毎日を楽しく過ごせて幸せだろうなぁと。

当然だけどなることはできなくて、自分で道を切り拓いていくしかないんですよね。

でもそれはなかなか難しい。

自分を変えるために行動するって勇気がいるし、不安で怖いですよね。

少なくとも引っ込み思案だった私にはハードルが高かったです。

このお話は誰の中にもあるそんな感情をテーマに執筆しました。

問題を抱えた二人が出会い、ぶつかり合いながらも惹《ひ》かれ合い、悩みを乗り越えて成長していく。

人との関わりで人は変わっていけるんだということを一番伝えたいと思いました。

私自身他の誰かになりたいと思った経験があるため、登場人物に感情移入して、とても書きやすかったです。

『そのままのあなたでいいんだよ』

もしも悩んでいる人がいたら、私はその人にそれを伝えられる人でありたいです。

そのままのあなたでいいんです。

そのままのあなたがいいんです。

みんなが自分に自信を持てるようになれたら、それだけで嬉《うれ》しいです。

また病気をテーマにした作品が多いのですが、それは私が看護師をしているということもあって、より身近に病気の人との関わりがあるからです。

働いていると命について考えさせられる場面が多々あり、その経験を作品を通じて読者の皆さまにも伝え、『命』について考えるきっかけ作りができたらだなんてそんな大げさなことは言いたくないのですが、何かのきっかけにでもなっていたら嬉しく思います。

私事なのですが去年出産したというのもあって、より命について考えさせられました。

生きているだけで奇跡だとよく聞きますが、本当にその通りだと思わされました。

かけがえのない大切な自分の命を守り、あなたらしい人生を歩んでいけますように。

関わってくださる皆さまの幸せを心からお祈りしています。

最後になりましたが、ここまで読んでくださった読者の皆さまに深く感謝申し上げます。

機会がありましたら、また次の作品でお会いしましょう。

miNato

カバーイラスト　和遥キナ
装丁　たにごめかぶと（ムシカゴグラフィクス）
本書は書き下ろしです。

10年《ねん》後《ご》、もしも君《きみ》の隣《となり》にいられたら。

2023年1月20日　初版発行

著者／miNato《みなと》

発行者／山下直久

発行／株式会社KADOKAWA
〒102-8177　東京都千代田区富士見2-13-3
電話　0570-002-301(ナビダイヤル)

印刷所／旭印刷株式会社

製本所／本間製本株式会社

ISBN 978-4-04-112822-0　C0093